COLLECTION
L'IMAGINAIRE

Jean Cocteau

Tour du monde en 80 jours

Mon premier voyage

Gallimard

L'ouvrage a paru initialement sous le titre :

MON PREMIER VOYAGE
(Tour du monde en 80 jours)

© *Éditions Gallimard, 1936.*

DÉDICACE À ANDRÉ GIDE

Mon cher André,

Un jour vous m'avez reproché d'être trop tendu, de ne pas me laisser assez aller et vous citiez comme exemple de mon laisser-aller une note du Coq et l'Arlequin *où je décrivais le premier jazz-band.*

Vous nous avez aussi donné l'exemple du voyage.

Après ces notes de voyage que je vous offre d'un cœur fidèle, le manque de laisser-aller est un reproche que vous ne pourrez plus me faire.

J.C.

TOUTES SES VIEILLES CICATRICES
TERRE
FONT LE CHARME
DE TA FIGURE DE GUERRIER.

SOMMAIRE

Utopie de Verne et réalité du voyage en 80 jours. — Féeries de l'enfance. — Sommeils. — Une méprise nous permet de visiter Rome 15
Rome, la nuit, 29 mars. — Leitmotiv du Duce. — On ne pense pas à tout. — Les fontaines. — Rome, ville lourde 22
Brindisi, 30 mars 26
Athènes, 31 mars. — L'Acropole. — Le sang du Parthénon 27
Rhodes, 1er avril. — Un carrefour de races. — De deux heures et demie à quatre heures, nous parcourons des remparts et les premières rues mystérieuses 35
Alexandrie, 2 avril. — Cérémonial des souks. — Le bakhchich. — Le Kombakir. — Un étrange café . 38
3 avril. — Explication d'une mise en scène de Cléopâtre 42
Le Caire, 4 avril. — Une ville de mort. — Mena House. — Le désert dans la chambre 44
Le Sphinx 48
Le sourire du Sphinx 50
Les termites 53
Le Delta. — Sa patte palmée de jardins. — Je pense à Cléopâtre. — Retour au Caire. — La poubelle d'Anubis 56
Les fleurs infécondes 58
Tut-Ankh-Amen. — Son mystery-théâtre. — Une momie légère remonte à la surface des âges. —

Les caves de la Vallée des Rois.	61
7 avril, onze heures du soir, Port-Saïd	65
8 avril	66
Aden, 12 avril, huit heures à quatre heures et demie. — Vallée des lépreux. — Effrayants élégants. — Soleil de plomb. — Aden, plantée sur ma route comme un couteau	67
15 et 16 avril. — Difficulté des heures, des changes. — Grande Ourse sens dessus dessous. — les vice-rois	70
17 avril, sept heures	72
Bombay. — Les Tours du Silence. — Le bétail des femmes. — Trois souvenirs : Rikki-Tikki-Tavi, la peste à Thèbes, l'enfant aux singes	74
Un train d'enfer	80
Calcutta, 19 avril. — Les porteurs dorment. — La ville du bétail couché. — Les bains du Hoogli. — Voyage dédié au temps	82
20 avril	86
Rangoon. — Les marchands du temple. — La forêt des dieux.	88
22 avril. — La ville chinoise. — Les Sikhs endormis. — Une caserne de songe. — L'intensité lente. — Avec la beauté, on se connaît depuis toujours	91
Penang, 26 avril. — Éloge des cafés du second Empire. — La nuit, Penang est magique. — Avec le fumier, la Chine fabrique de l'or. — Fumerie d'opium populaire. — Une énigme dans un bar.	95
Big City	104
Malacca	111
Sens cachés.	113
Trois heures du matin, 29 avril	118
Singapore. — Une jungle domestiquée. — La politique du sport. — Exactitude des pièces à grand spectacle.	119
Les coupe-gorge	121
Le Nouveau Monde. — Théâtres. — Cuisines.	123

Le marchand d'animaux	126
Ier mai. — Mon attitude vis-à-vis des consuls. — Ma méthode de travail et de voyage. — Dernière visite au New-World	130
5 mai. — Influence du bateau sur l'aspect de la mer. — Danger de Singapore. — Justice et justesse. — L'armure des Anglais	134
6 mai	138
9 mai	140
Hong-Kong, la nuit, huit heures du soir. — Le dragon. — La ville des étendards. — Merveilles de l'entracte	141
Les bonbons roses	145
Hong-Kong, le jour	148
Charlie Chaplin, 11 mai. — Rencontre du destin. — Langue nouvelle. — L'artiste dans la rue. — Un art se barricade. — Chance de Passepartout. — La fin de Charlot. — Le travail	152
12 mai	160
15 mai	164
Le Japon, 16 mai. — Une petite fille dessine un cercle à la craie. — Le Japon sort de la mer. — Gai printemps. — Kikugoro, prêtre du théâtre. — La lutte : Kokugikan. Les lupanars. — Le président Coolidge	165
Le Kuroyaki	189
Microbus	191
26 mai. — Microbus chante	193
27 mai. — La semaine des deux mardis	195
Post-scriptum	198
Puissances occultes	199
Honolulu, 29 mai	201
31 mai	204
San Francisco la nuit	207
San Francisco le jour	210
Passage à Hollywood	212

7 juin. — Le vol de jour. — Le Grand Canyon. — Wichita	216
Le vol de nuit	220
New York. — Radio-City. — Broadway au soir qui tombe. — Le fumier de New York. — Harlem	223
Le Lindy Hop. — Swing. — Les théâtres de chômeurs. — Les burlesques	229
10 juin. — Coney Island. — Nous fermons le cercle	237
La Grande Ourse à l'endroit. — La France	239
17 juin. — Le pari gagné. — Retour de Philéas Fogg	240

UTOPIE DE VERNE ET RÉALITÉ DU VOYAGE EN 80 JOURS. — FÉERIES DE L'ENFANCE. — SOMMEILS. — UNE MÉPRISE NOUS PERMET DE VISITER ROME.

Avant de commencer le récit de ce tour du monde, il est capital d'en expliquer le motif et de mettre clairement le lecteur au courant de notre entreprise.

Tout le monde connaît le TOUR DU MONDE EN QUATRE-VINGTS JOURS. Le chef-d'œuvre de Jules Verne, sous sa couverture rouge et or de livre de prix, la pièce qui en fut tirée, derrière le rideau or et rouge du Châtelet, ont excité notre enfance et nous ont communiqué plus que les mappemondes, le goût des aventures et le désir du voyage.

— « *Trente mille banknotes pour vous, Capitaine, si nous arrivons avant une heure à Liverpool.* » Ce cri de Philéas Fogg reste pour moi l'appel de la mer et jamais aucun océan véritable n'aura le prestige à mes yeux d'une toile verte que les machinistes agitaient avec le dos, pendant que Philéas et Passepartout, accrochés à une épave, regardaient s'allumer au loin les lumières de Liverpool.

Vous connaissez le sujet du roman de Verne. Philéas Fogg, le flegmatique gentleman du Reform Club, ponctuel et mécanique en ses moindres gestes, prouve que la terre rapetisse (vitesse des moyens de transport) et parie d'en réussir le tour en quatre-vingts journées.

Voici son itinéraire :

De Londres à Suez par le Mont-Cenis et Brindisi, railways et paquebots	7 jours
De Suez à Bombay, paquebot	13 —
De Bombay à Calcutta, railway . . .	3 —
De Calcutta à Hong-Kong (Chine) paquebot	13 —
De Hong Kong à Yokohama (Japon), paquebot	6 —
De Yokohama à San Francisco, paquebot	22 —
De San Francisco à New York	7 —
De New York à Londres, paquebot et railway	9 —
Total . . .	80 jours

Il quitte Londres le soir même, accompagné par son domestique français Passepartout qui porte la sacoche aux banknotes, et malgré les ruses de Fix, détective qui se trompe sur son compte et le croit un voleur de la banque d'Angleterre en fuite, malgré les obstacles de toutes sortes, il gagne son pari qu'il croyait perdu.

Je cite :

Comment un homme si exact, si méticuleux, avait-il pu commettre cette erreur de jour? Comment se croyait-il au samedi soir 21 décembre quand il débarqua à Londres, alors qu'il n'était qu'au vendredi 20 décembre : 79 jours seulement après son départ ? Voici la raison de cette erreur, elle est fort simple ; Philéas Fogg avait, sans s'en douter, gagné un jour sur son itinéraire, et cela uniquement parce qu'il avait fait le tour du monde en allant vers l'Est, et il eût au contraire perdu ce jour en allant en sens inverse, soit vers l'Ouest.

En effet, en marchant vers l'Est, il allait au devant du soleil et par conséquent les jours diminuaient pour lui d'autant de fois quatre minutes qu'il franchissait de degrés dans cette ligne. Or, on compte 360 degrés sur la circonférence terrestre et ces 360 degrés, multipliés par quatre minutes, donnent précisément 24 heures, c'est-à-dire le jour inconsciemment gagné. En d'autres termes, pendant qu'il voyait, marchant vers l'Est, le soleil passer quatre-vingts fois au méridien, ses collègues, restés à Londres, ne le voyaient passer que soixante-dix-neuf fois. C'est ce que la montre de Passepartout, qui avait toujours conservé l'heure anglaise, eût constaté si, en même temps que les minutes, elle eût marqué les jours.

Verne a construit son livre sur ce jour fantôme.

C'est grâce à lui que Fogg triomphe des embûches, évite la ruine, épouse miss Aaouda, jeune Hindoue arrachée au supplice des veuves de l'Inde, entre Benarès et Alahabad.

Voilà de nombreuses années que je circule dans les pays qui ne s'inscrivent pas sur les cartes. Je me suis évadé beaucoup. J'ai rapporté de ce monde sans atlas et sans frontières, peuplé d'ombres, une expérience qui n'a pas toujours plu. Les vignobles de cette contrée invisible produisent un vin noir qui enivre la jeunesse. C'est en somme pour le compte d'un *Intelligence Service,* difficile à situer, que je travaillais sans relâche.

Il s'agissait de coloniser l'inconnu et d'apprendre ses dialectes. Parfois je ramenais des objets dangereux qui intriguaient et enchantaient comme la mandragore. Ils effrayent les uns et aident les autres à vivre.

Aimer, dormir debout, attendre les miracles, fut ma seule politique. N'est-il pas juste que je me repose un peu, que je circule sur la terre ferme et que je prenne comme tout le monde des chemins de fer et des bateaux ?

Je relevais de maladie. Nous projetâmes, Marcel Khill et moi, de poursuivre notre timide essai de reportage — en barque de pêche sur la Méditerranée — et de prendre le large, n'importe lequel.

La première idée de ce Tour du Monde est due à Khill que j'appellerai désormais Passepartout. Il s'agissait de partir sur les traces des héros de Jules Verne pour fêter son centenaire et flâner quatre-vingts jours.

Quatre-vingts jours ! nous crûmes que cette course à l'abîme de 1876 serait, en 1936, une lente promenade et des haltes paresseuses dans chaque port.

Jean Prouvost, directeur de *Paris-Soir,* accepta. Le journal mit le projet à l'étude et s'aperçut que ces fameux quatre-vingts jours étaient une réalité avant la lettre, un rêve de Jules Verne, au même titre que ses phonographes, ses aéroplanes, ses sous-marins, ses scaphandriers. Tout le monde y croyait à cause de la force persuasive des chefs-d'œuvre. Or, en serrant les correspondances et en s'interdisant le vol, il faut, pour tenir en 1936 la gageure de Philéas Fogg et suivre réellement sa route idéale, quatre-vingts jours, ni plus, ni moins.

Le projet changeait donc du tout au tout. Ce n'était plus une promenade sur les traces des héros qui nous firent supporter les rougeoles et les scarlatines, cela devenait un record, une performance délicate.

Nous décidâmes de partir sans attendre, le 28 mars,

et d'être de retour le 17 juin, avant le dernier coup de minuit.

Le moindre retard d'un bateau, la moindre anicroche, la moindre faute de calcul, et c'en serait fait de notre réussite.

Il s'agissait de ne rien emporter qui nous encombrât.

Deux valises où les vêtements ne se fripent pas et un sac à linge. Il y avait bien une boîte de peintre, que Passepartout ne confierait à personne et dont les pieds se déplieraient aux pires moments de hâte avec la méchanceté du scorpion. Mais cette boîte devait être abandonnée à Singapore. Andersen dirait : « Qu'elle y reste ! »

Dès le départ, nous devions prendre le rythme des familles Perrichon et Fenouillard, de MM. Vieuxbois et Cryptogame. Ces personnages de Töpffer et de Christophe, plus encore que ceux de Verne, furent à l'origine de cette poésie aventureuse qui nous habite depuis l'enfance et nous met le diable au corps.

Le vrai Japon, c'est madame Fenouillard et ses filles, grisant les gardes pour délivrer leur époux et père en crevant la cloison de papier. La vraie Asie, c'est le dégel des Furco de M. Cryptogame.

Car les enfants rêvent sur ces épopées burlesques. Ils les déforment à leur usage et ils y puisent les éléments de féeries profondes.

Bref, nous avions décidé, Dieu sait pourquoi, que l'express de Rome partait à 22 heures 40 et nous en avions convaincu les autres. Il partait en réalité à 22 heures 20. Nous l'apprîmes à 21 heures 50, par la téléphoniste de mon hôtel, surprise de ce brusque changement d'horaire. Les grooms nous aidèrent à nous jeter pêle-mêle avec nos sacs dans un taximètre et nous arrivâmes cinq minutes avant le départ de l'express.

Si je raconte ces détails, c'est pour vous faire comprendre cette impossibilité française de se mettre en branle sans alpenstocks, sans marche pied pris d'assaut, sans billets cherchés dans toutes les poches et sans paquets qui tombent.

Nous voilà en route. Nous n'allons plus employer notre langue et ne plus nous exprimer que par monosyllabes et par gestes.

Le garçon du sleeping nous affirme que notre avantage est de rester dans le train jusqu'à Rome (on arrive à neuf heures du soir le lendemain) et de reprendre à Rome le train de minuit trente jusqu'à Brindisi, où il arrive à dix heures du matin et où le Calitéa appareille à douze heures vers la Grèce.

Or il fallait descendre en route et prendre une correspondance à Milan. Il est vrai que cette méprise nous permet de visiter Rome en trois heures la nuit. Visite étonnante, lunaire, sur les lieux où nous vécûmes, avec Picasso, en 1917, lorsque nous préparions pour Diaghilev le ballet Parade.

Ma fatigue, ma stupeur d'homme éveillé en sursaut qui dormait depuis plusieurs années, cette difficulté à vivre par mes propres ressources au lieu de faire des besognes de somnambule et de marcher au bord des toits (ma dernière œuvre du sommeil étant ma pièce : Les chevaliers de la table ronde, et mes Portraits-souvenir ayant été écrits à cheval sur le sommeil et sur la veille), toute cette période si neuve pour moi qui dormais ce sommeil voulu depuis 1914

(Le Potomak) va se résoudre et se dénouer dans cet express de Rome. Un sommeil humain m'accable, un sommeil extraordinaire, massif, opaque, entrecoupé de retours lucides à la surface et de paysages qui défilent à mes pieds dans le cadre des vitres.

Les trains jouent des symphonies de Beethoven. C'est toujours le souvenir de leurs phrases qui s'enroule de lui-même au rythme haletant de la vitesse, comme si leur origine, la surdité, les apparentait à ce silence composé de mille bruits organiques. Ce battement du sang, ce sombre métronome des artères, ces marches triomphales, ces gares nocturnes et, le jour, ces villes blanches, presque arabes, de cubes, de linges et de minarets, au bord d'une mer du bleu des boules de lessive, ce seront les entractes du théâtre du rêve dont les comédiens interprètent les drames intraduisibles.

Je connais le serpent qui est notre route, ce serpent enroulé autour du globe, pareil à celui sur lequel la Vierge pose le pied, ce démon de la curiosité qui nous pousse à quitter notre chambre, et nous y ramène, en fin de compte.

A Paris, sa tête et sa queue forment la boucle du départ et du retour. Je connais sa courbe qui longe la botte italienne et la quitte à la cheville, au-dessous du talon.

C'est ainsi, entre deux crises de sommeil et un peu embrouillés de songe, que nous parcourûmes Rome, dans un de ses rares taxis (le chauffeur siffle pour avertir les piétons), moi qui la connaissais et Passepartout qui ne la connaissait pas.

ROME, LA NUIT, 29 MARS. — LEITMOTIV DU DUCE. — ON NE PENSE PAS À TOUT. — LES FONTAINES. — ROME, VILLE LOURDE.

Rome la nuit. Ville morte. Ville muette. Ville où le seul cri que se permettent ses façades et ses murailles, toujours le même avec de petites variantes, sera le Duce : sa figure de face et de profil, en bonnet à aigrette ou en casque, aimable ou terrible.

La ville aveugle, sourde, la langue coupée, s'exprime uniquement par les grimaces lyriques de Mussolini.

Mais on ne pense pas à tout. Et la vieille ville d'amour, chante sa plainte par l'entremise de ses fontaines que Nietzsche écoutait et traduisait la nuit. Grâce à ces eaux jaillissantes sur les places, je la retrouve cette Rome de Carnaval et d'Opéra. Je retrouve le Forum, son désordre de villa cambriolée après la fuite des cambrioleurs, le Colisée, ses sous-sols et ses coulisses de mort, son immense réservoir de sang et de lune, défoncé, criblé d'arcades et d'étoiles, les anges pies du pont Saint-Ange, le Pape et ses tentacules de pierre, la place d'Espagne et la maison de Keats prise dans les escaliers comme un moulin dans une chute d'eau.

Je nous revois avec Picasso, revenant la nuit de l'hôtel Minerve où habitaient les danseuses russes, à notre hôtel, Place du Peuple.

Nous préférions la Rome du clair de lune, parce que la nuit on voit comment une ville est faite. Elle est vide, les hommes ne détruisent pas l'échelle de son décor ; elle rapetisse, approche de vous, et les plus nobles façades n'hésitent pas à venir vous parler à l'oreille. La nuit, c'est clair : Rome la ville lourde, la matrone, s'enfonce peu à peu, de tout le poids de ses monuments et de ses statues.

On la contemple à mi-corps, se hissant sur les coudes de toutes ses forces, gonflant les nœuds de sa musculature d'esclave de Michel-Ange.

Venise, moitié femme, moitié poisson, est une sirène qui se défait dans un marécage de l'Adriatique. Rome, elle, tant de fois enterrée et déterrée, continue son ensevelissement solennel. Rien qui n'y penche, n'y flanche, ne se tasse et ne creuse sa fosse.

Rome ne m'émeut pas. Elle m'embrouille.

Le chant des fontaines dénonce la ville véritable, nécropole qui échappe à la pioche de l'ancien manœuvre Mussolini.

Des couches et des coucches de squelettes, de larves, de famines, de fièvres, de pestes, de Vénus cataleptiques dormant les yeux ouverts, de bijoux portant malheur, et de jettaturas funestes. Rome la nuit ! Je ne peux me lasser de la parcourir. Nous entraînerait-elle par la veste ? Nous ensevelirait-elle ? Nous empêcherait-elle de prendre le train de Brindisi ? Nous nous sentons gobés par cette pieuvre. Ici tout semble obéir au pouce renversé de l'Imperator dont le geste achève le vaincu comme on bourre une pipe ou comme on plante une graine.

Comme on plante une graine dans ce sol imbibé de sang d'où le marbre élance des tiges sveltes, de grosses fleurs pâles sans odeur, et où il enfonce de tortueuses racines.

— « Voici », dis-je dans un poème, « comment procédait le buste romain. » Il ne s'agissait pas d'un buste grec.

Ce buste, je l'imaginais, la nuit, déroulant le fil interminable de toutes les lignes dont sa masse est faite, l'introduisant par les fentes des portes et par les trous de serrures, et se nouant, pour l'étrangler, autour du cou de l'homme endormi.

Cette course entre deux trains et deux sommeils ne change pas ma manière de voir.

Le fascisme a nettoyé par le vide. Il en résulte, à New York et à Chicago, une réplique crapuleuse des mœurs de la renaissance italienne.

Les gangsters, leurs princes, leurs femmes, leurs spadassins, leurs tueurs fragiles à la Lorenzaccio, leurs cottes de mailles, leurs poisons, leurs fausses politesses, leurs échanges de couronnes mortuaires, et leurs trêves lorsque Caruso chante LA TOSCA, j'y reconnais Rome et Florence qui se déplacent.

L'âme d'un pays ne change pas. C'est elle qui nous observe derrière les palais blindés, derrière ce calme, derrière cette discipline, derrière ces uniformes romanesques, derrière le masque tragique et comique du Duce.

C'est elle que j'écoute cette nuit, suffoquer, bégayer, avouer, revendiquer, par l'eau de lune des fontaines.

Des haut-parleurs annoncent l'avance des troupes et la prise d'Addis-Abbeba. Mais un haut-parleur n'est, après tout, qu'un homme caché qui parle sous les menaces. Les fontaines libres sortent de plus loin. Elles jaillissent par-dessus les censures, et leur buée légère décolle les affiches. Je vous ai bien comprises, fontaines de Rome. Cette nuit, rien ne vous dérange. Le maître est fier de vos bouches sculptées; il ne pense pas à étouffer leurs aveux.

BRINDISI, 30 MARS

Un landau des familles, un jeune guide géant à redingote et casquette de yacht bleu pastel. Le cheval du landau porte des colliers de turquoises et une plume de chef peau-rouge toute droite sur la tête. Près d'un escalier aux marches pompeuses, en haut desquelles on voit, par en dessous, une colonne et un socle portant un débris qui simule une grosse figure primitive de femme, la bâtisse des douanes et le port.

Le récit de notre entreprise facilite nos démarches, et nous fait donner une cabine de luxe sur le Calitéa, petit bateau blanc. Il ressemble à ceux qui assurent le service entre Nice et la Corse.

ATHÈNES, 31 MARS. — L'ACROPOLE. — LE SANG
DU PARTHÉNON

Le Pirée (dix heures du matin). Un brouillard nous cache l'Acropole. Les Grecs du bord sont navrés. Cela n'arrive jamais. Intérieurement je me félicite. C'est la perspective d'une surprise et ma rupture classique avec les contacts officiels.

Depuis une heure, les collines ressemblaient aux collines du Var. Cette ressemblance vient de ce que les Grecs firent halte dans les lieux qui rappelaient les leurs. Mais les collines de Grèce ressemblent à celles du Var dans la mesure où Yseult ressemble à ses femmes. Est-ce elle? interroge le frère d'Yseult la fausse. — Ce sont les filles de sa suite, répond Tristan. Est-ce elle? — C'est Brangaine la fidèle. Et lorsque Yseult paraît, le frère pardonne à Tristan sa félonie.

Pardonnez-moi, collines du Var. Cette Acropole qui se cache nous permet de ne penser qu'à notre débarquement. Il a lieu sur un quai de magasins, d'étalages sales, d'enseignes qui se bousculent et de marchands qui vous appellent en vous tirant par la manche. La Grèce n'a pas beaucoup changé à travers les siècles, j'en jurerais! Voici une affiche de bains qui en témoigne. Faite la veille et fort naïve, on jurerait un motif d'amphore et les toiles de fond des photographes en plein vent sont peintes comme des fresques.

Au premier abord, on est ahuri d'appels, d'offres et de voitures qui s'accrochent. N'oublions pas que le Grec est crochu, et que nos dollars doivent se convertir en drachmes.

Nous trouvons une banque ouverte. Nos pauvres dollars deviennent des milliers de drachmes et, à la porte de la banque, Passepartout, saisi d'une inspiration et innovant notre méthode définitive de voyage, saute sur le marchepied d'un très vieil autobus. Une patache bruyante et trébuchante, pleine de bureaucrates. Il se glisse en tête et je ne peux l'y suivre. La patache, avec un tintamarre de ferraille, nous entraîne, lui debout, courbé en deux à l'avant, moi mal assis à l'arrière, à côté de quatre Grecs qui discutent passionnément sur une poignée de graines soyeuses, les croquent, les enfouissent dans leurs poches, les sortent de nouveau, les recroquent, se disputent, les brandissent et ainsi de suite. Ils ne s'interrompent que pour cligner de l'œil à une jeune dactylographe, assise presque debout, plus haut que moi. Elle porte des lunettes et le poing sur la hanche.

Dans le triangle formé par son buste et son bras, défile un paysage de banlieue toulonnaise. Je somnole, réveillé par les cahots.

Soudain, mes yeux s'écarquillent. Que vois-je? Dans le cadre de ce corps féminin je vois une petite cage cassée très longue et basse, comme celles que les enfants tressent avec des herbes pour emprisonner les sauterelles. Elle repose en l'air et du vide l'environne. Quoi? Mon cœur se met à battre. Cette petite cage éventrée... serait-ce...? Mais oui, c'est lui, c'est le Parthénon !

Je voudrais crier à Passepartout : Regarde... le Parthénon ! Je n'ose. Il a dû le voir. Pourquoi toutes ces personnes si calmes? Pourquoi restent-elles assises? Pourquoi ne se dressent-elles pas, ne crient-elles pas quelque cri pareil au *Thalassa* de leurs ancêtres?

J'oubliais que l'Acropole ne les frappe pas plus que nous la Tour Eiffel. Et, en silence, tendu, je regarde sauter sous le coude de la jeune fille, cette cage où les Athéniens tenaient prisonnière Minerve, sauterelle du rocher grec.

Ouverte la cage, Minerve enfuie, et là-haut — cette fois les têtes curieuses se lèvent, — un avion (est-ce Mercure, dieu du commerce?) survole la cage et disparaît dans le ciel.

Le Parthénon est devenu invisible. Athènes commence et ses faubourgs. Voici le terminus. Je descends place de la Concorde, une place criarde, sillonnée de lignes de tramways, bariolée de réclames. Passepartout me présente un agent de police de la patache, un enfant géant, un brave type qui est en train d'apprendre le français, et qui s'offre à nous piloter jusqu'à deux heures.

A deux heures il retourne à son poste.

Pourquoi pas? C'est donc, précédés d'un agent, respectés, que nous visitons à toute vitesse une ville légère, plantée de poivriers, et que nous parcourons le Musée à mur rouge et à colonnes.

La foule aime reconnaître. Les poètes aiment connaître. Contrairement au réflexe qui pousse les touristes vers les objets connus par l'image, nous attirent les objets inconnus et que nous ne vîmes pas encore ailleurs.

L'or, l'ivoire, le marbre, le bronze, l'écorce, que nous portons en nous, se trouvent secrètement attirés par l'écorce, le marbre, le bronze, l'ivoire et l'or des statues.

Haltes devant une tête de taureau en bois de bruyère brut, dont les cornes, les naseaux et les oreilles sont en or battu, devant un jeune garçon en bronze, qui devait galoper à cheval ; sa tête, un peu trop grosse, le bascule en avant, ses pieds ailés s'envolent. Devant des lunes en feuilles d'or, qui sont des masques de Mycènes, devant les groupes pétrifiés d'un cataclysme de bêtes et de dieux.

Je préconise cette méthode. Vivre avec les choses ou leur jeter un coup d'œil. Je regarde à peine. J'enregistre. J'encombre ma chambre noire. Je développerai à la maison.

Nous fîmes un déjeuner qui prolonge les rêves du train, Passepartout, le sergent de ville et moi, sur le trottoir de la place de la Concorde, en plein soleil, au milieu des passants. Il est vrai que la présence d'un agent de police nous évite toute bousculade. Poulet au riz, vin de racines qui met l'âme à rebrousse-poil, et le raki, l'eau de marbre. A peine l'eau touche-t-elle l'alcool qu'un nuage de marbre se forme au goût de pastis délicieux.

Notre guide nous quitte, rappelé par son service. C'est le premier de ces innombrables camarades que Passepartout découvre sur sa route et dont la gentillesse nous évitera par la suite les vols et les pertes de temps.

Rome, la ville lourde. Athènes la ville légère. Rome s'enfonce. Athènes s'envole. A Rome tout est attiré vers le bas. A Athènes tout est attiré vers le haut, palpite, muni d'ailes, et il faut les couper aux statues comme le firent les Grecs à celle de la Victoire, pour les empêcher de prendre leur vol.

Et voici, cette fois, sans brume et visible de la base au sommet, la colline célèbre, plus accessible que Notre-Dame-de-la-Garde à Marseille, plus familièrement assise dans Athènes que la Butte Montmartre dans Paris.

Cette détestable coutume de gonfler la beauté, de grandir les mythes, les éloigne de l'homme.

Du wagon, Florence dressait et creusait un paysage presque persan, un paysage de paons et de biches. Ici c'est un paysage de laine, de chèvres et de boucs. La voiture s'arrête, comme en haut d'une avenue de propriété particulière.

Pourquoi Barrès eut-il besoin de préparatifs et d'une petite fille écrasée pour s'émouvoir ?

J'essaye d'éviter le ridicule de fondre en larmes. Je pèche par ce ridicule d'éviter le ridicule. Je me hâte. Je grimpe quatre à quatre les marches et nous débouchons en plein chez les Dieux. Et, tout de suite, je vais comprendre pourquoi Barrès n'avait guère besoin du sang de cette petite fille.

— « Mais », s'écrie Passepartout, « ce ne sont pas des ruines, c'est cassé ! » Mot admirable et qui me laisse rêveur. Passepartout ignorait le bombardement de la flotte anglaise et je le lui raconte. Oui, cassé, bombardé, massacré, démoli. La sérénité des ruines est absente. A sa place, l'horreur de l'accident, du mouvement pétrifié, de la vitesse changée en statue. Le sang des coquelicots éclabousse l'herbe, les rocs et les membres de marbre. Le sang lumineux des siècles circule dans ce marbre d'un rose de chair cuite au soleil, met aux tranches des colonnes, les côtes, les vifs éclats de l'orange sanguine. On pourrait le recueillir à la base des fûts, dans les petits pots des pinèdes.

A gauche, à droite, la colline est jonchée de reliefs. Que le terme prenne ici son véritable sens. Carcasses de marbre, bouteilles de marbre, boîtes à conserve de marbre, vieux journaux et papiers gras de marbre, tout est de marbre. Nous arrivons après un pique-nique des Dieux.

Passepartout me fait signe : on parle... on a parlé. Qui ? Je me retourne, je me penche. Personne. Mais, à droite, en bas de la colline, dans le théâtre qui ouvre à vol d'oiseau un éventail de pierre, un visiteur et sa femme se disputent. Nous entendons ce qu'ils disent. Ainsi le peuple pouvait-il entendre se disputer Créon et Antigone, sans payer sa place. Ainsi pouvait-il les voir remuer et gesticuler, à cinq heures du matin, assis dans la rosée, tandis que chantent les coqs.

La photographie, les récits nous renseignent mal. Voici le Parthénon de face et, très près, à gauche, l'Erechtheion, les femmes qui soutiennent le temple, tournées vers nous. Je les croyais tournées vers le vide.

De chez elles, entre leurs coudes et presque de la même manière que j'eus la chance de voir le Parthénon minuscule, je verrai par bribes la haute masse transparente de ses colonnes qui respirent et de ses frontons. Et j'y retournerai, je gravirai ses marches, je toucherai la cassure de ses colonnes, les rouages et les engrenages de cette machine délicate qui forge un temps d'une matière unique, déroule la durée sur un rythme qui ne ressemble pas au rythme habituel de son déroulement.

Et je suivrai le soleil qui chemine dans le marbre, le traverse, ombre ses veines et le soleil qui frappe le temple, ôte la patine des colonnes fausses et patine les vraies, et le soleil accumulé depuis des siècles que le marbre épanche encore, tous les échanges de lumière de cette bâtisse plus sensible qu'un colosse charnel et plus transparente que le cristal.

Pourquoi Maurras n'a-t-il pas insisté sur le côté charnel de l'édifice? Je ne l'eusse pas moqué et je n'aurais pas à lui faire mes excuses. Car je n'ai pu résister à coller ma bouche à l'une des colonnes du temple blessé debout.

Oui, comme le Colisée de Rome s'enfonce de travers et m'évoquait sous la lune la piste nautique du Nouveau Cirque, sur l'Acropole, au soleil, des ailes et des ailes tirent le tout et le décollent de ses bases.

C'est au point que les chevaux ailés de la lune habitent les corniches, comme des hirondelles; qu'il est facile de les voir allonger aux angles du fronton leurs profils pâles et qu'on peut, en regardant brusquement en l'air, surprendre un palefrenier de lune assis à la renverse, les jambes écartées et la tête plus basse que les genoux.

Le char du soleil, brisé en miettes, tomba dans un empêtrement de chevaux. Il entraînait le Dieu. C'est sans doute derrière le triangle de ce cerf-volant de marbre, que la lune, — car la lune est le soleil des ruines — range son char et détèle ses chevaux.

Je m'éloigne de l'écurie légère, craignant d'être indiscret, d'interroger ce silence, de me mêler d'énigmes qui ne me concernent pas.

Je m'éloigne de la face où les singuliers chevaux nidifient.

Je me démoralise un peu. Malgré tout, ces groupes, cet ensemble, on a beau s'exciter, il ne reste sur ce piédestal naturel qu'un soulier d'homme et un soulier de femme qui servent à reconstituer le crime.

D'autre part, ce qui console, c'est que cet aspect

criminel, fini, échoué, désertique, nous rapproche de ces grandeurs et les humanise.

C'est si familier à la longue, que le touriste croit facile d'emporter tel ou tel bloc, alors qu'ils doivent cet air de pouvoir être mis dans la poche, à la légèreté des arabesques exquises qui les décorent.

Je n'emporterai de l'Acropole que mes larmes, un malaise, une tristesse, la certitude qu'il ne se déroulera plus de rites qui exigent un tel cadre, et notre chance d'avoir vu tout cela, sans l'ombre de pédagogie, et sans autre poussière que celle des routes.

RHODES, 1ᵉʳ AVRIL. — UN CARREFOUR DE RACES. — DE DEUX HEURES ET DEMIE À QUATRE HEURES, NOUS PARCOURONS DES REMPARTS ET LES PREMIÈRES RUES MYSTÉRIEUSES.

Le colosse de Rhodes a-t-il existé ?
Si c'est une fable il n'en reste pas moins une des merveilles de ce monde que traverse le fil de notre itinéraire.
Comme nous crûmes au voyage de Philéas Fogg, on y croit. Le bateau passe entre ses jambes.
Diamant de Rome. Perle d'Athènes. Demain scarabée d'Égypte. Rhodes est la première pierre baroque du collier.

Mycènes, la Grèce, l'exact, Byzance, les croisades, les chevaliers de Saint-Jean, les Turcs, Patmos, où l'évangéliste mange le livre et compose l'Apocalypse, Hippocrate, Homère, Tibère, César, Auguste, Cicéron, Suleiman le Magnifique, c'est un carrefour de races, de villes et de gloires, que la Vénus de Rhodes contemple sur un genou en écartant ses cheveux.
Les langues de Babel se parlent autour d'une

fontaine persane. Elle orne une place où je débouche au beau milieu de la figuration des Mille et une Nuits. Un gamin juif qui sort de classe nous adresse la parole en français. La vie orientale grande ouverte sur la rue nous accueille. A partir de Rhodes, les rues se donneront en spectacle et les boutiques à trois murs seront les scènes de théâtre dont le rideau ne tombe jamais.

Barbiers et bottiers. La pièce la plus jouée dans le théâtre des rues orientales, c'est celle du barbier, car les sectes religieuses exigent d'innombrables nuances dans la coupe. La clientèle se pâme à la renverse entre des mains également expertes à tailler, à raser ou à infliger des tortures.

Partout pendent des grappes de bottes. Partout on tanne, on coud, on astique, on vend des bottes. Et partout chez les barbiers et chez les bottiers, le portrait du Duce, un portrait de taches adroites qui frappent la rétine et que l'œil transporte ensuite au soleil sur les maisons éclatantes repeintes chaque semaine par les femmes avec une brosse enduite de chaux.

Où s'appuyaient les pieds du colosse, de chaque côté du port, deux colonnes s'érigent. Sur l'une Romulus et Rémus tètent la louve romaine, sur l'autre un cerf de bronze se tourne vers l'île des chasses et des roses. Des murailles à festons pointus, des tours et des chemins de ronde enferment la ville. On y pénètre par des portes de châteaux forts. Un casse-tête de plate-forme, de marches, de voûtes, de douves, de ponts, de créneaux, vous embrouille et vous ramène vite à votre point de départ.

Un soldat italien, découpé sur le ciel, crie à Passepartout de rengainer son kodak. Passepartout ne voulait pas photographier la place forte, mais une vieille musulmane qui allume sa cigarette, penchée sur la margelle d'un puits byzantin. On dirait un sacrilège : un bénitier, une dévote qui fume. Mais son voile noir et le soldat la protègent. Le voile s'écarte rarement. La brise de mer le colle sur les figures. L'ombre des yeux, de la bouche, fait de ces passantes des lépreuses à tête de mort.

« Celui qui a bu l'eau des fontaines de Rhodes, toujours à Rhodes retournera. » Cette maxime, je me la récite, en pensant que je ne reverrai sans doute jamais cette île où notre escale ne dure que quatre heures.

J'y ai vu les premiers turbans de ce rouge que le soleil épuise jusqu'au mauve pâle. Les gamins dessinent à la craie sur les murs l'étoile de David : deux triangles qui s'enchevêtrent, et les débardeurs du quai se bandent la tête d'un linge roulé sur la nuque, les bouts noués sur le sternum. Un premier souffle d'Égypte : le mouchoir de granit qui coiffe ses Dieux.

ALEXANDRIE, 2 AVRIL. — CÉRÉMONIAL DES SOUKS. — LE BAKHCHICH. — LE KOMBAKIR. — UN ÉTRANGE CAFÉ.

La laideur est entrée en Égypte par Alexandrie et par le faubourg Saint-Antoine. Le meuble Lévitan menace de durer plus longtemps que les meubles de Rhamsès, et un taximètre qui marche à tombeau ouvert (c'est le vrai style égyptien) nous montre avec orgueil l'interminable panorama des immeubles.

Heureusement la vieille ville existe encore. Et les cireurs, et les femmes, leur voile noir maintenu sur le nez par une bobine d'or. Et ces jeunes gens qui flânent et se tiennent par le doigt. Le moindre en remontrerait aux élégantes d'un bal par la noblesse de sa démarche, la chute de sa robe fendue, le port de ses épaules, la constellation de sa bouche et de ses yeux.

Chez les femmes le voile devient de plus en plus translucide. Parfois il ne couvre qu'un œil, et quelques grosses poupées inventent de singuliers compromis entre la coutume et la mode.

Nous arrivons dans une chaleur de fête. Quelque chose comme le Noël d'Égypte. Une espèce d'Épiphanie. Les rues sont pleines d'étalages de sucreries rouges : Dieux, ânes, vases, obélisques, colombes, qui orneront l'autel des familles et que mangeront les enfants.

Sauf le coin des souks où la laideur que j'ai dite met sa lèpre, les souks qui embaument le mastic et la myrrhe excitent nos âmes de badauds. Passepartout fait la connaissance d'un Juif qui parle notre langue et vend des articles de Paris : Assoun-Salomon.

Par son entremise, nous comprendrons le cérémonial qui règle l'achat et la vente en Égypte. Un prix affiché, un client qui paye et qui emporte, c'est inconnu. Il faut débattre, changer de prix, ranger la marchandise, hausser les épaules, renvoyer le client, attendre qu'il revienne, mépriser son offre, lui offrir plus cher une marchandise inférieure, lui courir après s'il part ou envoyer un commis à ses trousses, reprendre la dispute, délices auxquels un marchand égyptien et sa clientèle ne renonceraient sous aucun prétexte.

Le bakhchich commence en Égypte et nous suivra jusqu'aux Indes, où la demande se fait moins basse, plus sournoise, *Bakhchich ! Bakhchich !* Toute cette race d'esclaves s'accroche et demande l'aumône.

Bakhchich vient d'un verbe arabe : donner pour rien.

« Donne-moi pour rien. » Le bakhchih se donne par surcroît. Une fois payé le marchand le réclame encore.

Le sang arabe de Passepartout lui dicte une ruse. Il fait semblant de comprendre qu'on lui propose du hachisch, ce qui épouvante le quémandeur, l'entraîne dans un quiproquo et nous en débarrasse.

Le soir Assoun présenta sa nombreuse famille, dans un gratte-ciel et propose de nous servir de guide. Il mettra, du reste, son point d'honneur à payer notre place et à n'accepter aucun pourboire.

Dîner égyptien. Le sésame est une herbe qui ouvre l'appétit et parfume les viandes. On boit de l'eau ; ce qui laisse la tête libre pour se rendre en fiacre au quartier de l'amour.

C'était jadis comme la rue Bouterie à Marseille, une rue : la rue Anastasie. Mais la police craignait un mélange du commerce et de ce commerce un peu spécial. La rue Anastasie est morte. Des entrepôts remplacent les lupanars et les lupanars occupent un quartier neuf. Le « Come back here » crié par les femmes aux marins de l'escadre a fait de ce quartier le Kombakir. C'est le nom qu'il porte et *Le Jardin*, son nom véritable, est moins connu que ce sobriquet.

Imaginez un cortège de petites cabanes, les unes contre les autres. Toutes se ressemblent et les rues qui les traversent et qu'elles bordent sont construites sur le même modèle. C'est sinistre, sordide, sage, honnête, sans vice et sans amour.

Les femmes sont assises à la porte de ces cabanes et la seule différence avec les édicules qu'elles évoquent, c'est que la gardienne accompagne le client. Chalets d'une nécessité prosaïque et dames qu'on ne paye pas beaucoup plus que celles qui tricotent sur le seuil du vieux chalet parisien.

Le ciel nocturne couvre d'une toiture plate les couloirs inextricables du Kombakir. De temps en temps, des baraques de jeux forains remplacent un des édicules et des cafés illuminent les ruelles reliant cette zone bruyante aux quartiers endormis.

Certains de ces cafés furent, à l'origine, de sinistres coupe-gorge. De faux guides y attiraient les Américaines qu'on dévalisait et qui disparaissaient.

Le café où nous échouons, morts de fatigue, après

avoir traîné nos semelles à travers ces couloirs dont il faudrait débrouiller le labyrinthe à vol d'oiseau, s'ouvre derrière une palissade et n'a rien d'un coupe-gorge.

Ah ! l'étrange café. Il faut vraiment avoir entrepris le tour du monde, pour savoir qu'une pareille chose existe.

J'aurai bien de la peine à vous le décrire.

Le comptoir, les chaises, les tables, deux vieillards qui fument la longue pipe en forme de harpe, une vieille dame d'un des édicules et un petit garçon dévoré de poux à qui les démangeaisons donnent une espèce de danse de Saint-Guy, hantent ce café qui est un jardin en désordre et sale.

Une chambre obscure, plantée d'arbres réels et de vrais massifs, plus poudreux qu'un décor de casino de province. Un sol de terre battue, jonché d'arrosoirs défoncés, de râteaux édentés, de caisses vides. A-t-on mis un café de fortune dans un jardin ou planté dans un café ce jardin atroce ? Ce lieu est-il couvert ? La fatigue et le demi-sommeil achèvent de nous le rendre inoubliable.

Certains greniers d'enfance, certaines remises, où des outils hors d'usage, des cibles de flèches, des passe-boules et le cercueil du croquet s'empilent sous la poussière, peuvent servir à comprendre ce local.

Nous fuyons pour ne pas devenir un des objets hétéroclites qui nous environnent, pour ne pas nous endormir et nous éveiller changés en arbres, en chaises et que la poussière des siècles nous recouvre.

Après ce café, le Kombakir a l'air presque joyeux, les chalets presque confortables, les femmes presque jolies.

3 AVRIL. — EXPLICATION D'UNE MISE EN SCÈNE
DE CLÉOPÂTRE.

Journée de magasins, de banques, d'Eastern Telegrams, de brochettes aux herbes odorantes mangées dans des échoppes, d'adieux à Assoun-Salomon.

En Égypte, rien ne se décide, rien ne se paye, sans prendre des airs mystérieux et sans que le marché le plus naïf fasse figure de trafic louche. La moindre emplette nécessite un scénario de clins d'œil et de conciliabules. Il faut se suivre à distance, raser les murs, disparaître dans un cul de sac, revenir par un soupirail, attendre des messagers, se consulter par signes, etc., etc. Cérémonial sans lequel le commerce n'est plus le commerce et le vendeur s'assomme. Êtes-vous pressé ? Un marchand de la rue aime mieux vous jeter sa marchandise gratuitement au visage que de vous l'envelopper en échange d'un prix fixe.

Il faut avoir passé plusieurs heures à conclure un marché de quelques piastres, il faut en outre avoir vu les sarcophages qui s'emboîtent les uns dans les autres, pour comprendre que l'apparition de Cléopâtre à

Marc Antoine n'est pas un caprice mais le véritable style d'Égypte. La reine se nomme : Égypte. L'Égypte c'est elle. Elle se doit d'inventer le moyen le plus significatif d'apparaître.

On apporte des marchandises au vainqueur : des tapis. Un tapis, deux tapis, trois tapis, quatre tapis, de plus en plus rares ; et lorsque la fatigue de regarder les tapis commence, le dernier tapis se déroule. La Reine apparaît, couchée dedans.

LE CAIRE, 4 AVRL. — UNE VILLE DE MORT. —
MENA HOUSE. — LE DÉSERT DANS LA CHAMBRE.

Sur la carte d'Égypte, l'Égypte est une dalle funéraire. J'ai été frappé il y a cinq ans par un article de journal. Un officier aviateur racontait son raid et se demandait si le Sphinx, les Pyramides, les obélisques, le Delta, n'étaient pas des hiéroglyphes, un texte à l'usage des Dieux.

Les Égyptiens volaient-ils, prévoyaient-ils le vol, s'adressaient-ils aux oiseaux qu'ils adoraient? Cette pierre plate, couverte de signes qui prennent leur sens vus d'en haut, expliquerait une disposition qui intrigue vue d'en bas.

Approchons-nous et jetons sur l'Égypte ce premier coup d'œil infaillible que l'observateur regrette ensuite, mais auquel il n'est pas rare qu'il se reporte à la longue. Une foule de lettres me l'attestent : « *Comment avez-vous fait pour comprendre si vite,* etc. » C'est bien simple. Je n'avais pas le temps de corriger le premier coup d'œil.

Le Caire est une ville de mort. On y devine dès l'arrivée que la mort est l'industrie principale d'Égypte, que l'Égypte est une nécropole et que la préoccupation des tombes dominait la vie égyptienne.

Le sommeil des balayeurs ressemble à la mort. Une poussière qui colle et sent la charogne les recouvre d'une bâche grise. Le vol mou, déchiqueté des oiseaux de proie tourne sur ces faux cadavres. Faucons, corbeaux, vautours, peuplent le ciel des rues et se posent au bord des corniches. La mort domine cette ville et son fleuve. Les crocodiles doivent aimer cette eau couleur d'absinthe scélérate. Mouches, scarabées, scorpions, cobras, aspics, chacals, crocodiles. Ces bêtes divinisées symbolisent le goût d'un peuple de momies et d'embaumeurs.

Un des fléaux d'Égypte est le guide. M. Goldman, guide suisse-allemand d'Alexandrie, va s'abattre sur nous comme un nuage de sauterelles.

Passepartout ne veut pas de guide. M. Goldman veut être le nôtre.

Une chasse à l'homme s'organise entre Passepartout et M. Goldman. M. Goldman tourne entre ses mains cauteleuses un canotier dont les bords de paille deviennent une roue de loterie. Réussira-t-il ? La roue tourne. Il nous traque. Mais de ses pièges nous sortirons vainqueurs. Russell Paeha (le pharaon moderne), chef de la police, nous donne une carte qui nous recommande à la police d'Égypte. Avec cette carte, nous nous rendons au bureau des drogmans et là on nous procure Abdel, un profil sombre à l'œil de face, une robe vert olive et cette sottise grave qui intimide beaucoup. Abdel nous conseille de coucher ce soir à Mena House, l'hôtel des Pyramides. Départ hâtif et passage devant M. Goldman qui laisse tomber sa roue de loterie. Le canotier roule en bas des marches du Continental, palace aux chambres trop hautes. C'est le style d'Égypte, moins le génie des proportions.

Mena House est une autre affaire. On y arrive en ligne droite par une route éclairée qui ressemble à la route entre Aubagne et Marseille. Mena House est un hôtel d'une élégance exquise. Les Mille et une Nuits anglaises. Le Calife ne risquerait pas d'y courir des aventures. Un personnel correct me mène — que dis-je ? — mène Philéas Fogg à sa chambre. Rendez-vous avec Abdel après le dîner pour visiter les Pyramides et le Sphinx. Chambre anglo-orientale. La chambre de Mister Fogg. Je pousse les volets. La fenêtre donne sur un balcon aux boiseries arabes et le balcon sur les pyramides.

Un soir, chez la princesse de Polignac, l'orchestre jouait une suite de Debussy. Au premier rang des chaises, la belle, vieille et illustre comtesse Morosini, penchait la tête, clignait de l'œil, branlait du chef, la bouche entrouverte. Accoutumée à des romances qui accrochent la mémoire, elle se trouvait perdue au milieu de cette musique un peu confuse. Elle guettait le motif. « La pauvre », me chuchota la comtesse de Noailles, « elle n'a pas l'habitude qu'on lui fasse attendre son plaisir aussi longtemps ».

C'est à quoi je songe en me trouvant nez à nez avec les Pyramides. Elles sont pour ainsi dire dans la chambre, et comme à Murren le glacier élance une grande fraîcheur de diamant en face des fenêtres de l'hôtel, à deux cents mètres de Mena House, les Pyramides envoient un souffle de mort.

Athènes, Rome, Venise, beautés qui ne se présentent pas comme Cléopâtre à Antoine, et ne nous font pas attendre notre plaisir. Ces romances célèbres chantent immédiatement leur mélodie. A Venise, j'étais bien jeune. On saute de la gare en gondole. Ma mère envisageait cette gondole passionnante ni plus ni moins que l'omnibus des bagages. Venise commencerait demain.

Mais l'enfant et le poète — c'est un pléonasme — veulent que Venise commence tout de suite.

A Mena House le poète n'est pas à plaindre. Il lui suffirait d'enjamber le balcon de bois découpé, de dévaler la dune et, au bout d'une espèce de voie Lactée, route pâle qui monte en demi-cercle, il toucherait la première. Les autres suivent à des distances de ricochet. Nous bénéficions d'un clair de lune qui baigne le désert d'une lueur d'éclipse. Notre dîner ne traîne pas. Nous traversons vite une salle à manger romanesque où des dames anglaises en robes de tulle, escortées de fils en smoking, laissent un sillage de cyclamen et boivent du champagne en écoutant les grandes valses viennoises.

Abdel nous guette. Devant la grille de l'hôtel, auprès des chameliers, les chameaux attendent, couchés sur leur ombre. Abdel monte un âne. Nous escaladons les selles et les chameaux se lèvent. C'est le mouvement d'un mur qui se casse en trois, tourné à l'envers, au ralenti. Notre caravane se met en route.

Le chameau est un animal aquatique ; le décor qu'il traverse un décor sous-marin. Sa silhouette est antédiluvienne. Jadis son cou de reptile devait surgir des eaux, ses pattes ramer de gauche et de droite comme des nageoires. La mer a disparu et l'animal s'est fait coursier. Des vagues il conserve le rythme, et c'est sur une barque haute que j'imagine voguer à la rencontre de Chéops.

LE SPHINX

Ce que les voyageurs ne nous racontent jamais (sans doute ils nous le racontent, mais il faut notre propre expérience), c'est la manière dont la beauté se présente et l'endroit exact qu'elle occupe.

Ils la détachent du reste. Ils l'observent comme si elle tournait sur un socle sans rien autour.

C'est pourquoi je ne pouvais comprendre Abdel, lorsqu'il nous annonçait le Sphinx. Où donc le voyait-il ? De mon chameau, je domine les sables. La lune allonge doucement, démesurément, à gauche, une des joues plates de la pyramide de Chéops. Plus loin, à droite, sur le revêtement intact au sommet de la seconde Pyramide, elle fausse les perspectives et la pointe semble mise de travers.

Une houle de décombres et de dunes vallonne à nos pieds. Courbes et bosses que le chameau imite.

Le Sphinx ? Je distingue une fosse, une cuve, un bassin de sable, que nos montures contournent et au fond duquel on devine la forme d'une espèce de paquebot en cale sèche.

Tout à coup, comme un dessin dont l'œil découvre la devinette, je comprends et je ne peux plus ne pas comprendre. La figure de proue du paquebot tourne lentement son profil. La tête du Sphinx apparaît et tout suit : la croupe, la queue enroulée, les pattes de derrière et les pattes de devant, longues, rectilignes, entre lesquelles une dalle de marbre décore le poitrail, au bout desquelles les phalanges découpent les arêtes et les rondeurs d'un sablé qui sort du moule.

Les chameaux stoppent et se cassent en trois saccades lentes. Je saute, je cours. Un mur à pic m'arrête ; le mur de cette fosse où le Sphinx repose depuis la découverte des pattes en 1926. Il les cachait depuis des siècles dans le sable, comme le manchon des sphinx de Versailles.

Le Sphinx n'est pas une énigme. Inutile de l'interroger. Il est une réponse. *Je suis là,* dit-il, *je gardais les tombes pleines et je garde les tombes vides. Peu importe. La volonté de beauté, le feu du génie, le phénix humain, renaissent perpétuellement de leurs cendres. Ils puisent même dans la destruction des forces nouvelles. Nous sommes quelques bornes par le monde qui rassemblent les esprits épars et les obligent, malgré les croyances mortes et la vitesse, à faire des pèlerinages et des haltes.*

LE SOURIRE DU SPHINX

Une ruine est un accident ralenti. C'est pourquoi la lenteur du choc n'empêche pas la beauté morte d'avoir cet air de femme changée en statue, de vitesse devenue immobile, de bruit devenu silence, sans avoir eu le temps de faire ses préparatifs. La lenteur ne lui évite que les grimaces et les poses d'épouvantails des morts violentes. Mais un effroi l'environne.

Le Sphinx et les Pyramides sont une mise en scène propre à effrayer un peuple crédule.

Cette mise en scène, faite par des astronomes, a besoin des étoiles et du clair de lune. Elle a tout à perdre d'un temps nuageux, de cette lumière médiocre des théâtres où l'on répète dans la journée.

Pauvre chien d'aveugle devenu aveugle à son tour, le Sphinx, gardien des Pyramides, possède un gardien qui l'éclaire au magnésium pour quelques piastres.

Ce magnésium est une trouvaille digne des prêtres d'Égypte. Ces chimistes de premier ordre devaient le remplacer par quelque artifice. Une seconde, il met le Sphinx à l'extrémité de lui-même, l'isole du reste du monde, lui donne un aspect d'épave balayée par un phare, accuse son sourire ironique d'espion pris sur le fait dans le jet lumineux d'une lampe de poche.

Le magnésium éteint, nous le savons là, en train de penser :

« *Eh bien, oui, j'espionne... et après ? En quoi cela vous renseigne-t-il ? J'espionne au compte de quelle puissance ? Et qui ? Et quoi ? De nous deux c'est vous que cette découverte gêne davantage. Croyez-moi. Gardez votre lampe de poche dans votre poche, laissez-moi tranquille et couchez-vous comme si vous n'aviez rien vu.* »

Mais on reste. Des milliers et des milliers de regards n'ont pas appuyé sur cette figure sans y laisser des marques. Elle est enduite par ces limaces d'une bave qui colle et nous oblige d'y ajouter la nôtre, nous empêche d'en détourner les yeux.

Une foule invisible nous pousse au premier rang, nous empêche de reculer, condamne le Sphinx à une solitude nombreuse.

Par chance il habite sa fosse aux ours. Les touristes qui signent sur les monuments célèbres, faute de pouvoir obtenir leur signature, n'y descendent pas. Ils se rattrapent dans les Pyramides où ils datent et signent partout.

Cette nuit nous ne pouvons pas nous plaindre. Nous sommes seuls. Nous ne rencontrerons personne ; aucun des couples qui, paraît-il, profitent de ce sable fin et de ces cachettes.

Cette promenade ressemble à une nuit de Noël 1916, aux tranchées de l'Yser. C'était ce même silence (on ne tirait pas, il y avait trêve), ce même vide solennel et les ombres du magnésium des fusées allemandes dansaient sur le même sable, creusé de couloirs et de tombes.

Et la même lune illuminait le Sphinx du sort.

Ce sable de Belgique et d'Égypte, la lune le rend neigeux. Et le Sphinx auquel je m'accoutume, se familiarise, devient un animal de neige sculpté et abandonné là par des enfants. La neige ramassée pour servir creuse autour de lui cette cuvette, et les éboulements, les cassures, les crevasses de la pierre, ajoutent à l'illusion.

Est-ce à coup de boules de neige que les enfants ont aplati le nez de leur bonhomme ? On affirme que ce n'est pas l'œuvre des boules de neige, mais des boulets et des soldats de la campagne d'Égypte. Légende absurde. Ni boulets ni boules de neige. Napoléon respectait la grandeur. Avant lui on pillait, brûlait, démolissait pour voler l'or. Le respect des tombes royales date de sa conquête et il l'imposait à ses soldats [1].

Au reste, le Sphinx ne devait pas avoir beaucoup de nez à perdre. Un nez ne modifierait guère sa physionomie. Sa face camuse résume le type populaire du fellah et la tête de mort des femmes, voilées de noir dans le simoun.

---

1. Le musée de Grenoble en témoigne, bien que, dans le MÉMORIAL, il s'exprime assez légèrement sur les ruines du désert égyptien.

LES TERMITES

Le Sphinx sort du recul des siècles. Pareil à toutes les vraies grandeurs, plus il s'approche, plus il rapetisse. Il s'apprivoise et va nous manger dans la main.

Je craignais le colossal en Égypte, or ses colosses ne sont pas démesurés et ne bousculent pas l'échelle d'une terre à la mesure des hommes. C'est une race géante, voilà tout.

Certes le Sphinx devait en imposer et, les jours de fête, ressembler aux reines de fourmis assises au milieu de la fourmilière comme le veau d'or.

Mais ses dimensions le laissaient en contact avec la foule. Les prêtres d'Égypte ne commirent pas la faute qui condamne les fidèles de la Chapelle Sixtine à des torticolis inhumains pour voir les jeunes colosses on ne peut plus humains de Michel-Ange.

Une sorte d'engourdissement nous ankylose. La neige des astres tombe sur les Pyramides, sur le Sphinx, sur les dunes, sur nous et sur les chameaux. Passepartout me tire par la veste. Il faut rentrer, ne pas se gaver d'un spectacle auquel la gloire n'enlève aucun mystère.

Je me secoue, je secoue cette neige des astres. Que tout est neuf aux âmes enfantines ! Que de trésors enrichissent les simples ! Que d'angles nouveaux sous lesquels le monde peut surgir comme notre propre visage qu'il nous arrive de surprendre sans le reconnaître dans les jeux d'un miroir à trois faces. Combien je me félicite d'être naïf.

Au retour, les Pyramides cessent d'étonner. Elles évoquent beaucoup plus des ouvrages d'insectes, des termitières, que des sépulcres commandés par des princes à un groupe d'entrepreneurs, d'architectes, de géomètres, d'astrologues.
Sans le revêtement lisse qui les devait grandir et rendre luisants, les triangles deviennent mous, les arêtes se brouillent, les pointes se tassent, les gradins permettent à un spécialiste de les escalader à toute vitesse, et leur couleur est celle des tas de cailloux.

De notre balcon, elles retrouvent une fantasmagorie. Je lève les yeux. Que vois-je ? La Grande Ourse n'est plus la brave Grande Ourse, le Chariot sage de mon ciel d'enfance en Seine-et-Oise. Ourse et Chariot se cabrent et basculent à la renverse.

Le lendemain matin, il faut retourner aux Pyramides, au Sphinx. C'est la promenade des enfants qu'on traîne par la main pour leur prouver que les pendus et les loups-garous étaient l'œuvre de la lune et des ombres. Les chameaux (le mien s'appelle Rosa, celui de Passepartout Sarah Bernhardt) descendent derrière Mena House. Ils abordent les Pyramides par un détour qui nous fait passer entre les tentes de Cook pour les touristes qui préfèrent coucher à la belle étoile.

D'ici, les Pyramides deviennent tout à fait des constructions de termites. Le désert nous les présente au même titre que ses touffes de fenouil et que ses falaises.

L'intérieur de la grande pyramide, le trou par lequel on y entre, ses plans inclinés que l'on escalade courbé en deux, la voix morne du guide : « prenez garde à vos têtes, prenez garde à vos têtes », ses échos, ses ténèbres, ses cavernes, ses cuves, ses prises d'air et jusqu'au problème insoluble de la main-d'œuvre en face de blocs d'albâtre et de granit impossible à mouvoir, tout fait penser aux ressources mystérieuses dont les insectes disposent.

LE DELTA. — SA PATTE PALMÉE DE JARDINS. — JE PENSE Á CLÉOPÂTRE. — RETOUR AU CAIRE. — LA POUBELLE D'ANUBIS.

Nous retournons en ville. La chaleur exalte les mouches et les rapaces. Ils volent si près qu'on peut reconnaître le bec et les ailes qui ornent les bas-reliefs et le pschent des rois assis les yeux grands ouverts au fond de la mort comme des plongeurs au fond de l'eau.

L'odeur de charogne augmente. Le soir tombe. Au fronton des immeubles, une réclame d'aspirine s'allume en anglais, en français, en arabe. Dans cette langue, faite de points, de zigzags, de crochets, c'est le graphique même de l'élancement du mal de tête. Nous prenons une voiture, et nous faisons conduire au Delta.

Vite le spectacle change. A droite, à gauche, des irrigations, des barrages, l'eau croupie, la puanteur chaude, la luzerne grasse, les villages revêtus de boue, les paysans de la Bible, les vaches grasses et les vaches maigres du rêve de Joseph.

La lune et le soleil se rencontrent dans un ciel de turquoise morte. Ils sont énormes. La lune, dieu mâle en Égypte, ne peut y être imaginée autrement que sous forme d'une ruine. Cette ruine éclaire des ruines, et le soleil qui se couche montre une boule de feu qui deviendra une terre lorsque nous serons une lune. C'est sous cet angle cosmique et terrible que soleil et lune d'Égypte se présentent. Aucun charme, aucune gaieté ne les escortent. Cette boule livide et cette boule incandescente, Cléopâtre les consultait, assise droite entre ses rameurs. Je pense à elle ce soir, tandis que l'automobile roule vers le Delta qui allonge sa patte palmée de jardins riches.

Je ferme les yeux. J'essaye de réduire cette reine à la femme qu'elle devait être. C'est aussi difficile que de tourner la main droite dans un sens et la main gauche dans un autre, de retrouver un nom lorsque notre mémoire n'en possède que le négatif et nous le refuse. Je me concentre, je m'acharne. Que reste-t-il à la fin ? Cléopâtre : une petite personne insupportable et qui porte malheur.

Après les ponts aux poternes moyenâgeuses, et les digues et les écluses, et les pelouses et les essences et les fleurs du Delta, nous rentrons au Caire, la grande poubelle que fouille Anubis, les oreilles droites.

LES FLEURS INFÉCONDES

Quartier réservé du Caire. Des reines de théâtre assises sur les portes des chambres, des murs étoilés de mains rouges, les mains de Fatma. Les unes, en relief, on dirait des enseignes de gantiers, les autres plates, que des assassins poursuivis se sont appuyés, accrochés, retenus au chambranle avant de tomber chez les femmes.

Par terre, dans les cellules et dans les boutiques de barbiers, du sable multicolore jaune, rose, mauve, violet. Les cellules d'amour clignent de l'œil. C'est la dernière ruse des fleurs infécondes pour attirer l'insecte. Mais ici, le pollen ne voyage pas. Une lampe rouge, une lampe verte, une lampe jaune s'allument tout à tour. Le mécanisme continue de fonctionner lorsque la femme travaille derrière une cloison recouverte des cretonnes qui servaient aux costumes de clowns de notre enfance : chats peintres, chats musiciens. Les cloisons légères tremblent et suivent le rythme des exercices cachés. Le signal des lampes alternatives s'obstine dans le vide. Il se dépense là énormément de beauté théâtrale, d'éclairages dramatiques, de pureté d'âme.

Un effet théâtral, c'est la douceur des lumières des chambres et l'acétylène intense derrière la cloison qui remue. Ombres portées, ombres chinoises. Chevelures déteintes à la chaux ; racines noires, mousse blonde, d'un style satanique.

Nos reines de mélodrame décorent les cellules avec des affiches de films américains. Il n'est pas rare qu'elles appuient leurs têtes dédaigneuses contre les faces géantes de Claudette Colbert ou de Marlène Dietrich.

Les cellules creusent dans la pénombre des petites scènes aux coulisses bleu pâle, couvertes de photographies : lutteurs, phénomènes médicaux, grosses femmes en costume de bain.

Les rues qui conduisent à ce quartier, où se trouvera toujours la vérité d'une ville et son vrai visage, grouillent d'une foule indigène qui flâne de café en café, regardant les jeunes gens peints danser autour du bâton qu'ils brandissent, et des improvisateurs appuyer leur tête sur les épaules les uns des autres. De temps en temps l'un d'eux se dresse et devient soliste.

Des virtuoses de la Haute-Égypte soufflent dans des clarines nasillardes, gonflent les joues et traversent les siècles d'une vrille haute et funèbre. D'un de ces cafés nous ne pouvons nous décider à partir. La danse du ventre est interdite. C'est donc le regard inquiet sur la porte, et grâce à une sentinelle, que ce jeune homme invente des litanies interminables entre lesquelles il se déhanche, projette son ventre maigre, et claque les doigts au-dessus de sa tête.

Nous demandons une pipe — les grandes pipes triangulaires en forme de harpe où se consume la braise — et le sirop oriental nous gobe, nous arrête de vivre.

Les ruses des femmes n'ont rien à voir avec le *Kombakir* d'Alexandrie. Chaque cellule d'amour étonne par l'humble miracle des maquillages et des lumières. Les ruses des fleurs infécondes valent les ruses qui servent à transporter le pollen. Maeterlinck raconte que certaines fleurs s'obstinent à construire des parachutes qui s'écrasent sur le sol avant de s'ouvrir, parce que l'espèce n'est plus assez haute. Les femmes du Caire sont fort capables de tendre des filets absurdes, mais ces pièges composent des mises en scène saisissantes. Seules les parades de luttes foraines offrent encore des spectacles aussi violents.

Le lendemain, 7 avril, une étonnante voiture nous dépose au Musée. A la mort de la comtesse de la Sala, ancienne cocotte tapageuse du Caire, sa victoria vendue devint fiacre, et les chevaux gardent le style : Bas de soie, maquillage de l'œil, naseaux roses, cocardes, etc.

Au Musée M. Lacau quitte son poste. Il descend à ma rencontre en manches de chemise. Près de sa maison, le tennis où mon oncle Raymond Lecomte jouait avec les familles Maspero-Bazile, lorsqu'il était à l'ambassade d'Égypte. Je suis ému par les souvenirs que M. Lacau soulève et qui peuplent de spectres ce jardin poussiéreux. M. Lacau porte une belle barbe blanche. Il est charmant. Il aime ses sarcophages. Il est incrédule et me conseille de me méfier des livres de l'abbé Moreux. Je crois qu'il exagère par une excessive probité, et qu'il prend pour du romanesque cette réalité supérieure dont témoignent le luxe et le raffinement des tombes.

TUT-ANKH-AMEN. — SON MYSTERY-THÉÂTRE. — UNE MOMIE LÉGÈRE REMONTE À LA SURFACE DES ÂGES. — LES CAVES DE LA VALLÉE DES ROIS.

Nous allons visiter, au pas de course, le théâtre de la mort, ses dessous, ses trappes, ses accessoires, ses bijoux, ses costumes, ses figurants, ses loges.

Premiers sarcophages. Boîtes courtes. On enterrait dans la position du fœtus (troisième dynastie). Ensuite, commencent les sacrilèges. La fourmilière éventrée, la ruche détruite, le peuple de l'ombre expulsé de ses cachettes, continuant de répandre ses maléfices, au grand jour, à tort et à travers.

Il est inutile de dépeindre le trésor de Tut-Ankh-Amen. Puisque les descriptions et les images ne m'en avaient pas donné le moindre aperçu, je commettrais les mêmes erreurs.

Un jeune Pharaon de dix-sept ans s'organise, après la mort, une vie de luxe et d'élégance. Il dure dans le sable, comme un brick dans les glaces du pôle. Il nous montre intacts ses meubles, ses chars, ses bijoux, ses costumes. On n'a pas eu le temps de lui construire les symboles de ce qu'il possédait. On l'a enterré pêle-mêle avec ses habitudes. Le roi était la vedette d'un mystery-théâtre où se ruait le peuple, où il portait son or. Or de vaisselle plate, or veiné de rouge, filigrane d'or; les objets des vitrines témoignent de cette méthode.

Les fauteuils, les trônes, les pliants, les chasse-mouches de plumes d'autruche, les ennemis qui servent d'escabeau, les boomerangs, les trompettes, les sandales, les gants, le martinet contre les mauvais esprits, le crochet du berger, la coiffure dont le cobra désigne le Nord et le faucon le Sud, les boîtes successives où le jeune homme reposait dans des statues creuses. Ses lits à gueules de chimères et les coussins durs de lapis qui servaient à soutenir sa charmante tête compliquée, toute cette panoplie complète de petit pharaon, c'est du théâtre, du fard, des postiches, de la mise en scène.

Les coffres d'or massif, autant de rideaux qui s'écartent, les statues creuses, autant de trappes qui s'ouvrent, les gaines, autant de masques. Enfin le mort se dresse et parle. « Bonjour messieurs », dit-il comme l'empereur de Chine du ROSSIGNOL d'Andersen, et il avance entre les vases d'albâtre qui laissent loin derrière eux les enchevêtrements de Majorelle et de Lalique.

Étonner l'esclave, le frapper, l'éclabousser, le piétiner, le pressurer, boire son sang et son or, comme le vin de la danse des vendanges, voilà ce que résument les accessoires du théâtre de Tut-Ankh-Amen.

Par un hasard bizarre, on retrouve ce roitelet, que des cabales relèguent et protègent. Seul hôte de la Vallée des Rois, il demeure intact, et prouve que l'orgueil ne laisse aucun témoignage. Il affirme que tout s'effrite, il éclaire ce désastre, ce luxe fou :

Sesostris, Rhamsès, Cléopâtre, Ur, Sodome, Gomorrhe, Carthage, Ys, l'Atlantide, momies détruites, civilisations exquises, éteintes, disparues. Ce perpétuel effort de durer inutile sur une terre qui ne durera pas, dont la durée n'a pas de sens véritable.

Les salles de Tut-Ankh-Amen nous frappent d'une telle surprise, qu'on oublie les autres salles. L'homme en bois qui marche, le couple d'ocre et de plâtre assis au fond de la mort, les regards fixes, le roi de bronze vert, botté de ses propres cuisses, la vache peinte d'as de trèfle que tète le Pharaon dans une étable fraîche comme un missel, portraits qui vivent, objets du culte, buts, intensités qui viennent de ce que jamais l'Égypte ne se souciait de l'art pour l'art.

Passepartout boucle nos sacs à l'hôtel. Je cours le chercher. J'ai obtenu de M. Lacau qu'on laisse le musée ouvert. Je ne veux pas quitter l'Égypte sans que Passepartout connaisse le garde-meubles surnaturel. Il résiste un peu, je l'entraîne. Nous déjeunons chez Gamache qui mérite le nom qu'il porte car on y mange le boudin et la viande rouge des noces de Gamache. Et nous filons au Musée, chez Tut-Ankh-Amen. Nous parcourons ensemble ce frigidaire bourré de vaisselle plate et de fruits vermeils, ce prodige faisant de nous ce fils vieux qui découvre son père jeune conservé dans un iceberg.

Derrière ces vitres, dans ces glaces qui permettent de voir debout le jeune prince étendu, la jeunesse dorée triomphe des âges. Tut-Ankh-Amen, raide, les bras au corps, les pieds joints, ses yeux d'émail grands ouverts, d'un léger coup de ses orteils chaussés d'étuis métalliques, escorté de bulles, traverse les siècles et déplonge. Il miroite, il ne sèche pas, ne se dessèche pas. Il conserve la fraîcheur d'une étoile de mer dans l'eau de mer, d'une méduse qui flotte, d'une actrice sous les feux de la rampe, du quartier d'amour où la nécessité de répondre au vieux désir empêche la patine et la noble crasse des chefs-d'œuvre.

D'où vient que ces richesses insolentes ne soient pas tombées en poudre au contact de l'air, n'aient pas suivi l'exemple de ces champignons vénéneux, qui, lorsqu'on les touche, explosent et se dissipent en fumée ? Lord Carnarvon connaît maintenant le mot de l'énigme. Il pourrait seul nous répondre. Sans doute comme on désigne le plus jeune pour tirer au sort et enfoncer sa main dans l'urne, le très jeune pharaon fut-il désigné pour être le seul à sortir de l'urne et à expliquer l'écrin vide.

Sans lui on comprendrait mal l'ancienne Égypte et ses sous-sols.

Le trésor de Tut-Ankh-Amen, le vin bouché de cette cave royale, cette perle aux teintes vives remontée par un plongeur d'or du fond des mers mortes, ont failli nous coûter cher. Nous rentrons à l'hôtel où les journalistes nous bousculent et nous hissent dans une voiture plus rapide que le landau de la comtesse. Encore une fois notre départ sera un prodige. Encore une fois on nous lancera nos sacs par les fenêtres du train en marche, encore une fois nous réussirons un de ces départs d'opérette dont la France possède le secret.

7 AVRIL, ONZE HEURES DU SOIR, PORT-SAÏD

Hôtel Marina. Le balcon à véranda sur le port. Les magasins ouverts la nuit. C'est l'antichambre des tropiques : quinine, panamas, casques de toutes les formes, ombrelles vertes, lampes-tempête, photophores, shorts, jumelles, lunettes fumées, bouteilles Thermos. Le vrai soleil, la vraie chaleur commencent à Port-Saïd.

8 AVRIL

Le Strathmore. A 6 heures et demie du matin. La douane. Les appels de la vapeur. Plongeurs indigènes qui demandent qu'on jette des dollars et poussent des appels de volaille qu'on égorge. On glisse entre les navires. On croise un navire français. Sommeil. Le canal de Suez interminable. Les palmiers se succèdent dans le hublot, de gauche à droite, chaque fois que j'ouvre un œil. Pareil à Londres dont on n'arrive pas à sortir, le canal de Suez continuellement défile. La Mer Rouge. Malaise très spécial d'une chaleur qui n'est pas la nôtre. La nuit, des ruisseaux de sueur trouent la peau et se réunissent en gouttes lourdes. Chaleur contre laquelle on ne peut rien, comme si c'était la fièvre. Les bouches d'air soufflent du frais fabriqué avec du chaud, une fraîcheur artificielle.

Je visite les chambres des stewards (on croit toujours que c'est mieux que dans son pays), c'est pire. Pauvres garçons nus, la bouche ouverte, collés en grappes sur des bandes de papier à mouches. Les râles, les spasmes du sommeil. L'enfer des machines. La chaleur augmente.

ADEN, 12 AVRIL, HUIT HEURES À QUATRE HEURES ET DEMIE. — VALLÉE DES LÉPREUX. — EFFRAYANTS ÉLÉGANTS. — SOLEIL DE PLOMB. — ADEN, PLANTÉE SUR MA ROUTE COMME UN COUTEAU.

Les jeunes Somalis qui cabrent des barques d'écorce autour de la coupée, ils doivent puiser leur origine aux mêmes sources que cette vierge noire qui intrigue l'Église. Des angelots ou des diablotins de l'enfer d'Aden. Aden, porte des enfers, où nous déposent ces faunes de marbre noir aux bouclettes blondes, aux joues vermeilles, aux narines, aux lèvres, aux arcades sourcilières, aux attaches délicates.

Aden, vallée des lépreux. Mine sans minerai. Chaleur du sud plus lugubre que le froid du nord. Ce sol infécond se moque de fournir quoi que ce soit. C'est un carrefour de races et de marchandises, un rendez-vous d'aéroplanes et de bateaux de guerre, une caserne de sentinelles britanniques.

Des automobiles de luxe roulent sur de belles routes plates d'un décor de mâchefer, de pelade, de zinc, de tôle ondulée. On dirait les paysages que les enfants construisent avec de la boue, de la ferraille, de vieilles boîtes vides de soldats de plomb. Soldats de plomb, fondus par un soleil de plomb. On devine l'or sous ce désert où ne poussent sur les murs des prisons et des casernes que le verre cassé des fakirs, que des croix sur les tombes. Églises de religions différentes. Car on habite Aden.

La beauté fascine et fatigue. La laideur, on s'y accoutume et on l'épouse, et ceux qui aiment Aden ne veulent plus jamais en partir.

Ainsi que les chefs-d'œuvre sortent d'une détresse, d'une solitude, d'un matériel qui manque, de refus surmontés, Aden la déserte donne naissance aux purs sangs humains de toutes les races.

Épaules larges, cous sveltes, hanches étroites, chevilles minces, ventres creux, cuisses rondes, partout notre course croise des spectres en chair et en os, de superbes squelettes habillés de peau sombre, des princes écorchés vifs, drapés d'une écharpe aux couleurs de poison : vert-jaune, bleu-vert, violet-rouge. Et le paquet volumineux du turban qui assure l'équilibre de la démarche et sa noblesse. Il arrive que des fixe-chaussettes se haussent jusqu'à devenir un motif ornemental.

S'ils s'asseyent, ces élégants effrayants, c'est entre leurs cuisses luisantes, dans l'escarpolette de l'écharpe, les talons contre les fesses et les genoux à la hauteur des épaules.

L'élégance s'accommode mal de simplifications. Rien de moins simple que la simplicité hindoue. Si un Hindou s'habille, il laisse pendre les pans de sa chemise européenne sur le dhoti, pièce de linge, moulant la croupe, drapant sur les jambes des baldaquins où l'air et les regards circulent.

Mettre un turban est une longue pantomime. Des

mains sombres, sèches, adroites, brassent l'étoffe pareille à l'écheveau en sucre des confiseurs forains.

L'Asie cache ses femmes. Les femmes d'Aden, on les aperçoit qui se sauvent d'une porte à l'autre et balancent les nombreuses jupes rouges des tireuses de cartes romanichelles.

Tous ces chefs-d'œuvre humains de houille et de diamant se dépêchent, un stick entre les doigts, sur les routes d'une pâleur de haine, sous des tunnels qui percent les collines semblables aux morceaux d'encens du souk, condamnés à vivre dans des cabanes construites avec de vieux bidons d'essence.

Le marché (plusieurs cours aux murailles qui rendent aveugle) expose à l'ombre des arcades et des voûtes, des poissons-scie, des poissons-torpille, des poissons-flèche, des pieuvres, des ailes de requin, des bêtes méchantes, et ceux qui les vendent ont des faces méchantes, délicatement ciselées, sous l'énorme rose fanée des turbans garnis d'une branche d'arbre.

Et il y a au café un lépreux de baudruche rose, à taches blanches, qui joue aux échecs en mitaines noires. Et il y a des moutons roses à têtes noires, et je vous jure que c'est vrai.

Ce qui nous appauvrira, nous manquera, nous tourmentera au retour vers l'Europe, jusqu'à l'angoisse, c'est l'absence de cérémonial et de mise en scène. Retrouver les claques sur l'épaule et le croc-en-jambe qui forment la base du quadrille européen.

Aden, vestibule des Indes, lieu maigre, scorpion, cactus, creuset des races énigmatiques, n'offre aucune ressource de mollesse ni de grâce. C'est le contraire de Rhodes. C'est sans espoir, extrême, amer, planté sur le monde comme un couteau.

15 ET 16 AVRIL. — DIFFICULTÉ DES HEURES, DES CHANGES. — GRANDE OURSE SENS DESSUS DESSOUS. — LES VICE-ROIS.

Heureusement que nous sommes immobilisés sur le Strathmore, car nous ne serions jamais à l'heure, à cause des montres qu'il faut avancer d'une demi-heure ou de vingt minutes par jour. À Aden on reste sur place, ce qui dérange encore les montres.

Notre itinéraire repose sur ces différences d'heure que Passepartout surveille comme les changes. Je lui achète dans la boutique du bord un bracelet-montre très tour du monde. L'heure y est indiquée par deux billes de mercure. Elles se meuvent grâce à une aimantation cachée. Ce n'est pas la fameuse montre de Passepartout qui conservait l'heure de Londres, mais c'est le symbole de notre entreprise. Et cela donne plus l'idée du temps et de la course du globe que les aiguilles.

Le major B., *Intelligence service.* — La race de ces Anglais qui se déguisent, parlent vingt-cinq dialectes — l'Inde en parle 258 — et ressuscitent sous une personnalité nouvelle, après des morts fictives. Son domestique musulman est émerveillé par la montre de Passepartout. Il porte sur le visage des cicatrices qui servent à saigner les indigènes contre les fièvres et que je prenais pour les signes décoratifs des tribus.

Depuis l'Océan Indien, un peu de fraîcheur. La Grande Ourse complètement à la renverse. Eau bleu de méthylène, calme de lac, le STRATHMORE glisse, ne roule, ne tangue jamais. La lune a perdu son aspect d'urne funéraire en albâtre, ses fumées noires, ses halos d'apparition.

Demain matin, 17, Bombay.

Impossible d'y séjourner si nous voulons rejoindre le *British India*, la seule ligne de bateaux qui nous permette d'arriver à Singapore à notre date.

Enfin compris pourquoi nos dates louchent et pourquoi nous avons failli manquer notre voyage. Le bateau doit mettre huit jours et il en met neuf, parce qu'il mène le vice-roi lord Linlithgow et emmène samedi l'ex-vice-roi lord Willingdon.

Il faut que les deux vice-rois se croisent sous la porte des Indes et ne stationnent pas de conserve.

17 AVRIL, SEPT HEURES

C'est vite fait, Madame et Mesdemoiselles, sur une vedette du Ranée. Deuil du roi George : robes blanches, cocardes noires. Peu d'enthousiasme. On estimait l'ancien vice-roi. Le rôle du nouveau est difficile. A 7 heures et demie, la vedette du Diamond l'enlève. Casques blancs surmontés de panaches de plumes de coq rouges. Lui en civil, haut-de-forme gris perle. Redingote. On voit au loin la porte des Indes. Arc de triomphe, sous lequel se croisent les vice-rois qui partent et ceux qui arrivent.

Tapis rouges. Bateaux de guerre qui tonnent. Brume bleu pâle, mauve. Puis c'est notre tour. Le Strathmore s'immobilise à quai, comme au Châtelet.

Imbroglio des douanes, des places pour le train (le te-rain de Kim).

L'indigène se paye le luxe d'embêter le blanc, de fouiller et de bouleverser nos valises. Des amis de rencontre nous aident. Il nous reste quatre heures pour voir Bombay et prendre l'Imperial Mail qui traverse l'incendie des Indes. Sur la carte, c'est la distance de Gibraltar à Marseille. Notre itinéraire nous faisait partir le 18. Si nous ne partons pas le 17, nous manquons le bateau qui de Calcutta doit nous conduire à Rangoon. Deux jours et deux nuits de voyage.

BOMBAY. — LES TOURS DU SILENCE. — LE BÉTAIL DES FEMMES. — TROIS SOUVENIRS : RIKKI-TIKKI-TAVI, LA PESTE À THÈBES, L'ENFANT AUX SINGES.

Malabar Hill.
Les Tours du Silence. C'est le château de la Mort. Cette grande reine l'habite, servie par des prêtres qui ne peuvent jamais sortir et par l'escorte ailée des rapaces. La garde qui veille aux barrières du Louvre ne peut empêcher la mort d'entrer chez les rois. Les rois, par contre, ne peuvent entrer chez elle à Malabar Hill.
Pour entrer il faut être de sa caste : Parsi. A l'usage du jeune roi George, on a fait une maquette qui représente l'intérieur de la Cour interdite. C'est l'amphithéâtre d'Antinéa. Les sarcophages en cercle et côte à côte [1].
Mais ici, les officiers des Indes, fous d'amour, ne suffiraient pas. La reine exige des hommes, des femmes, des enfants. Ils se pressent du haut en bas, par étages. Les os tombent, les chairs s'envolent. Une

1. Jérôme Tharaud me raconte avoir vu, d'un avion, l'intérieur des tours.

puanteur enchante ses courtisans, comme le fumier de Versailles flattait à plusieurs kilomètres les narines des courtisans de Louis XIV.

Cette puanteur fade encense Bombay les jours d'orage, et les sujets de la grande reine se réjouissent.

Parfois, un vautour laisse tomber dans une rue, un doigt, une oreille, ou pire : un vestige symbolisant d'autant mieux la mort qu'il servait à propager la vie.

Notre entreprise nous empêche de voir. Il faut donc entrevoir, assister à la pièce au milieu et sans programme.

Renifler des spectacles. Un fiacre est le meilleur système. La marche éreinte et l'auto dérange la foule. Première promenade avec le sensation d'être très loin.

Ce n'est plus LE TOUR DU MONDE EN QUATRE-VINGTS JOURS, ni LES CINQ SOUS DE LAVARÈDE, ni LE JUIF ERRANT. C'est LA POUDRE DE PERLINPINPIN, LA BICHE AU BOIS, le décor qui tourne et transporte les mille personnages d'une féerie où des fauves et des biches viennent d'être changées en hommes depuis cinq minutes.

Par l'œil aux veines brunes, par la manière dont les plantes des pieds se posent, par les peaux qui écoutent et qui regardent, par les mufles humides, ensanglantés de bétel, par le poil nocturne, tout l'animal se dénonce, encore à califourchon sur la métamorphose.

Pas de chiens, pas de chats, presque pas d'enfants. Rien que les inquiétantes victimes d'un coup de baguette magique. Ce garçon tout nu, maigre, raide, grave, une longue boucle déroulée entre les omoplates et qui disparaît à peine a-t-il provoqué notre stupeur, on dirait qu'il s'est laissé surprendre en train de passer d'un règne à l'autre.

Les rues ressemblent aux boutiques d'oiseleurs du quai du Louvre.

Elles empilent des cages et des cages, des perchoirs, des balcons, des escarpolettes d'oiseaux. Un théâtre d'oiseaux, un Opéra d'oiseaux, et des verdures, des arbres, des lianes, s'échappent d'entre ces cages et rafraîchissent la rue qui coule comme un fleuve sirupeux au bord duquel se dressent sur des estrades, des avant-scènes, des pilotis, les couches où de gros marchands étendus, habillés de linge, jacassent, fument, rivalisent de paresse, d'opulence et se font éventer par des esclaves noirs, aux profils d'aiglons.

Les cages empilées, la dentelle des chalets, bleu pâle, rose pâle, pistache, les huttes lacustres, les cabanes que notre enfance construisait dans les branches, alternent avec des façades surchargées de motifs en relief et en couleurs.

Elles enchevêtrent des dieux à trompes d'éléphants, des Çiva charmant des tigres et jouant de la flûte, les jambes croisées, des déesses innombrables entourées d'un cruel ventilateur de bras. Ces bariolages naïfs, ces sucreries enfantines, répondent à cette foule qui porte, peints sur le front, les signes de ses innombrables castes et de périodes purificatives.

Points rouges, rectangles jaunes, lignes, taches, et la diversité indéchiffrable des coiffures et des emplâtres.

De notre fiacre où il ne nous manque vraiment que le voile vert du Philéas classique, se découvrent les scènes intimes du travail, la pénombre des magasins qui s'enfoncent derrière les avant-scènes d'honneur dont nous sommes la pièce, avant-scènes où se prélassent sous des dais et des stores, les Califes, les savetiers et les bijoutiers des Mille et une Nuits.

L'Hindou pauvre mendie moins que le pauvre

d'Égypte. Il mendie avec moins de bassesse. C'est un style plus hypocrite, plus dangereux. Tous ces regards peuvent vous endormir et vous mener où ils veulent, vous jeter des sorts. Ils possèdent la faculté d'hypnose. Nul ne vous regarde; vous êtes vu. Et comment éviteriez-vous la fascination de ces aigles, de ces tigres, de ces cobras changés en hommes, la sensualité des yeux qui charbonnent et des bouches que le bétel farde et qui étoilent le sol de jets de sang clair?

Les femmes de Bombay sont des bêtes de somme. Sauf celles qu'on rencontre, les narines cloutées de diamants, enveloppées d'un voile dont la bande d'or les partage en biais du haut en bas, comme des reines de jeux de cartes.

Bêtes de somme, l'œil hagard, les jambes torses, transportant les décombres des immeubles démolis sur leur tête sans sourire, devant les mâles désinvoltes qui les regardent et dont le seul effort semble être l'étonnante manœuvre du déroulement et de l'enroulement du turban.

Certaines de ces malheureuses, on les rencontre, à moitié folles de fatigue et de vieillesse, laissant pendre leur poitrine flasque et les mèches grises des sorcières de Macbeth.

Bombay, ville sordide et propre et qui sent bon. Uniformes de gala. Sergents de ville bleu de prusse à toquet jaune sur l'œil, le manche d'un vaste parasol enfoncé à gauche de la ceinture. Collèges sous les arbres, architecture d'Oxford, conciliabules des élèves. Les porteurs d'eau tiennent en équilibre sur l'épaule, au bout d'une perche, les deux seaux étincelants de cuivre. Attelages de bœufs blancs que le bouvier dirige en tordant la queue du bœuf.

Trois souvenirs marquent notre passage sur des places où nul ne se hasarde. Où le soleil de midi fait le vide. Le premier, c'est une scène de Kipling, la terrible petite bataille d'une mangouste et d'un cobra. Le fakir et son aide déposent leurs paniers suspects. La musique nasillarde commence, et il ne faudrait pas jouer n'importe laquelle. Soudain la marmite de paille semble bouillir, le couvercle bouge, et le contenu déborde. C'est une dégoûtante crème jaune qui coule... et se détache... et se sauve sur le trottoir. Le fakir ouvre alors une sorte de sac de loto d'où saute la mangouste. En une seconde, elle est sur la coulée de crème en fuite et le duel s'engage. Duel d'étreintes, de saccades, de calligraphies, de paraphes et de coups de fouet. Le museau rose s'acharne à mordre la nuque. Trois fois le cobra se redresse car sa musculature est distribuée de telle sorte qu'il peut se tenir debout sur une petite boucle de sa queue. Il se dresse et sa tête vise la mangouste comme un revolver. La mangouste saute et triomphe. Le cou du cobra saigne. Il s'immobilise. Mais un serpent est un cortège; la tête morte, la queue frétille encore. La nouvelle n'a pas eu le temps d'arriver jusqu'au bout.

Le deuxième souvenir est un temple grec en haut d'un escalier monumental au bord de la mer. Aucune inscription, aucune statue. Le soleil de midi aveugle cette façade, ces colonnes, ces marches du monument des officiers tués. Au sommet des marches, au centre de la plate-forme qui les termine, un pauvre dort. Sa peau sombre miroite; l'étoffe rouge de son turban se déroule en zigzags sur plusieurs marches, comme un sang criminel.

Pourquoi est-il monté dormir à cette place, en plein

soleil? Pourquoi l'a-t-on laissé dormir là? Toujours est-il que ce temple et ces marches deviennent le socle d'une effigie dramatique, la raison d'être de ce dormeur, le théâtre de ce tragédien immobile. Passepartout et moi demeurons en extase en face de cette mise en scène du hasard dont n'approchera jamais aucune peste à Thèbes d'aucun Œdipe.

Troisième souvenir. Un petit garçon transporte son tambour et des singes. Figure, bras, torse, jambes, turban, tunique, tambour, musette, cordes, sandales, singes, tout ce chef-d'œuvre gracile, sculpté sous une couche uniforme de poussière blanche. Seuls animent cette statuette vivante le regard d'un noir de trou de masque et le feu rose du bétel, si la bouche s'entrouvre.

Mais ce qui rend inoubliable ce personnage d'un Sans Famille hindou, ce Kim saltimbanque, ce sont les mains des singes, que le bloc poudreux empêche de distinguer du reste, qui se confondent avec les cordes, les étoffes et le tambour, et qui ont l'air d'être des mains à lui, des petites mains qui se détachent de son corps et qui demandent l'aumône.

UN TRAIN D'ENFER

A une heure le train. Et je croyais avoir chaud sur le bassin d'Arcachon, jadis, en lisant Kim ! Du train on voit notre bateau à quai, ses pavillons, ses passerelles, toujours comme au Châtelet qui m'a donné une idée si juste de ce voyage.

Les porteurs insupportables exigent des pourboires supplémentaires. Passepartout les menace. Ils se sauvent. Ils reviennent coller leurs figures aux vitres du wagon-restaurant où l'on ne peut que s'évanouir, c'est le terme exact, de chaque côté d'une table.

Je ne savais pas qu'une chaleur pareille était possible, que l'on pouvait vivre dans cette zone maudite. Le train s'ébranle. Je distingue, au passage, les vieux canons où Kim est à cheval, lorsque son histoire commence.

Et l'incendie des Indes chauffe à blanc les tôles, les vitres, les bois, nous couvre d'une colle qui ruisselle, hausse jusqu'à l'écœurement une température dont les ventilateurs battent la pâte gluante.

Non prévenus des habitudes de ce supplice, nous laissons la fenêtre ouverte. Nous somnolons et nous réveillons, recouverts d'une croûte grise, la bouche, les oreilles, les poumons, les cheveux, pleins de la cendre du feu qui enveloppe notre course. Cet enfer, à peine entrecoupé de douches d'eau froide qui devient bouillante et de morceaux de glace qui fondent et deviennent eau chaude, sera tout ce que M. Fogg et Passepartout auront le droit de connaître des Indes. Ils les traversent dans une machine qui saute des obstacles (à cause de l'écartement excessif des rails qui doivent pouvoir jouer et se rapprocher sous l'influence des flammes invisibles).

Ne plus bouger d'un millimètre. Blé, riz, rizières, village de crotte, travail agricole des damnés de cet enfer. Geais bleu turquoise et noir, cocotiers de temps en temps et les arbres à belles ombres bucoliques reprennent. Quelquefois, un seul cèdre rend la justice dans un désert.

Les gares. Les chemises aux pans libres. Les parapluies. Ouvriers qui se lavent et se frottent avec les poings. Ensuite, ils piétinent leur linge et le tordent. Toujours le bétail des femmes. Aveugles conduits par des enfants. La chaleur devient moins folle. Nuit presque fraîche. Le lendemain, l'enfer redouble.

CALCUTTA, 19 AVRIL. — LES PORTEURS DORMENT. — LA VILLE DU BÉTAIL COUCHÉ. — LES BAINS DU HOOGLI. — VOYAGE DÉDIÉ AU TEMPS.

Quatre heures du matin, le train stoppe. Je somnolais. Je lève le store et je vois la chose suivante : la gare de Calcutta au petit jour. Les quais alignent les uns derrière les autres des dalles de trois mètres sur cinq. Sur chaque case de cet échiquier gigantesque, une pièce d'ébène : un porteur endormi. Les porteurs attendent que les trains se vident. Le sommeil les a pétrifiés dans des attitudes de nage et de lutte. Bras et jambes et cous à la renverse : on dirait une des photos immobiles d'un film de mouvements furieux.

Sur le crêpe de Chine sale des turbans défaits, qui servent de couche, les membres nus et sombres se convulsent. Ce qui est étrange, c'est l'ordre de pommiers et de caoutchoucs de ces cadavres qui évoquent le pêle-mêle horrible d'une peste et d'une fusillade. Ce musée de cire énerve à la longue. Respirent-ils, croit-on les voir respirer ? Je laisse retomber le store sur ce peuple de songe, sur le sommeil animal de ces corps crachés là, comme le bétel.

J'envie Philéas Fogg, obligé de louer un éléphant, entre Cawnpore et Bénarès parce que la ligne s'arrêtait à Allahabad. Il devait faire plus frais sur cet éléphant que dans notre boîte.

Tout à coup un monsieur irlandais, qui prend aussi le bateau, ouvre la porte et nous annonce : « Il faut quitter la gare en vitesse. » Nous nous vêtons à tort et à travers, bourrant nos sacs et nos poches. Les cadavres ressuscitent, se lèvent, empoignent les sacs, trottent à la file.

Je croise des vieillards tout nus, un paquet sur la tête, en équilibre. Des familles assises par terre, des chefs avec des serviteurs qui les éventent en faisant tourner un éventail en forme de girouette; ces chefs consultent une foule de petites choses précieuses enveloppées dans des hardes. Femmes ravissantes aux narines de diamants, aux bracelets de verre vert. Aube. Nous brûlons Calcutta qui nous le rend bien. Derrière la file des porteurs, nous traversons un pont de fer, un tunnel aérien qui résonne, encombré de veaux blancs et de bouviers endormis. Ils ne se dérangent pas et on les enjambe.

Le fleuve, le Hoogli, affluent du Gange. Vaste, jaune, limoneux. Petit vapeur de plaisance sur lequel les Hindous fument la même pipe en forme de V que les Égyptiens. Le vapeur traverse le fleuve jusqu'à Talamba, notre bateau que nous n'apercevons pas encore. Fauteuils de paille. A droite, loin au bord du fleuve, une large pente de pierre monte vers des arcades rouges. Mille Hindous se baignent. C'est le bain sacré, le fleuve Dieu.

Sur l'autre berge, même pente, mêmes arcades, même fourmilière qui barbote. Crème jaune du fleuve, couvert de barques hautes, mues en poupe par des rameurs debout, poussant des rames longues. Trois pas en avant, trois pas en arrière. Une rame gouverne. Usines. Usines. Docks. Et voici trois bateaux noirs du British India. Le nôtre, le TALAMBA, est d'un Jules Verne très pur. Abordage difficile. De l'autre côté (côté des docks) une foule sur plusieurs étages, face au bateau.

Les uns embarquent, les autres agitent des mouchoirs. Il y a des musulmans obèses qui reviennent de la Mecque, la barbe teinte en rose vif. Il y a des Anglais en petite culotte, et de belles dames empaquetées dans des voiles de mousseline d'or. C'est dimanche. On nous refuse les Travellers Chèques. Catastrophe. Le bateau siffle. Passepartout s'éponge. Enfin, un jeune Anglais dont le père travaille à la Eastern-Telegraph d'Égypte, accepte un chèque. Il nous expédiera la différence à Rangoon. La coupée remonte. Il était temps.

Ce voyage n'est pas dédié aux décors mais au temps. À des héros d'une entreprise abstraite qui met en œuvre l'heure, la distance, les longitudes, les méridiens, la géographie, la géométrie, etc.

Jules Verne jamais ne parle de la chaleur, du mal de mer. Il invente le détective Fix qui est une trouvaille étonnante. Oui, toujours on est suspect, on a l'air drôle, dès qu'on se trouve engagé dans un mécanisme qui diffère du mécanisme habituel.

Cette nuit, je cherche les allumettes. Déporté d'une paroi à l'autre, j'arrive sur le pont. Rien ne dépasse des linceuls où les Hindous s'enveloppent. Plus bas, les linceuls cessent, une soupe de corps pareille aux façades peintes de Bombay. Que de jambes, que de bras ! Comme les dieux et les déesses, chaque dormeur en possède quatre ou cinq.

20 AVRIL

Le Talamba me plaît. C'est un bateau de l'époque où les compagnies ne cherchaient pas à cacher aux voyageurs qu'ils habitent sur la mer. Style bateau. Style excellent. Beaucoup de bois sombres; jamais de marbre. Le petit nuage en cage des ventilateurs peints en blanc.

Notre entreprise devient très pénible en ce sens que nous ne voyons des lieux que la bordure et les moyens de transports. Le Bengale. Golfe du Bengale. Mer Jaune. Côtes roses de brique et vertes (feux de Bengale). C'est le pays du Jungle Book. Le bateau s'immobilise et sonde, parce que les fonds de sables changent de forme et qu'on risque de s'échouer.

Départ. Le bateau roule. Économie de mouvements. Économie d'une pensée, d'un regard. D'habitude, il est tout de suite une heure; on regarde la montre : 9 heures, 9 heures et quart, 9 heures et demie, 10 heures moins le quart, etc. Espaces immenses. Narines grandes ouvertes sur l'estomac vide. Les mitres en tôle pour amener l'air dans les hublots —

quelque chose, déclare Passepartout, comme la coiffure du Chevalier d'Assas.

Les dômes d'or des temples de Rangoon surgissent.

RANGOON. — LES MARCHANDS DU TEMPLE. — LA FORÊT DES DIEUX

The Shwe Dragon Pagoda. La grande Pagode de Rangoon est d'une beauté, d'une importance, qui dépassent de beaucoup les spectacles de surface auxquels nous condamne notre parcours. Elle peut tenir son rang auprès du Château Saint-Ange, de l'Acropole, des Pyramides.

Dans la campagne, aux portes de la ville, on traverse un bois de Boulogne de rêve, des lacs — Victoria Lakes — peuplés de clubs de nage et de canotage. Elle débute par des portiques de monstres et des échoppes de bondieuseries, de bétel (le pan), et de cigares en feuilles d'arbres.

Ensuite on se déchausse. On abandonne chaussures et chaussettes, et, la plante des pieds brûlée par les dalles, on monte des escaliers entre les étalages des marchands du temple. Marchands de fleurs naturelles et artificielles, de baguettes d'encens, de jouets, d'offrandes, tout un marché aux puces qui grouille, mange, fume et crache l'écarlate, jusqu'au sanctuaire et même dans le vestibule des Dieux. Car, plus blanche et plus nombreuse que les cierges de nos églises, une forêt de dieux encombre les esplanades qui flanquent le temple, coiffé d'une monumentale cloche d'or.

Le temple, creusé à l'intérieur de grottes, de niches, de grilles derrière lesquelles le bouddah repose dans des massifs de fleurs de thé qui embaument, de lampes et de baguettes rouges, où prient à genoux des jeunes femmes indigènes en camisole de tulle raide, la face barbouillée de craie, les cheveux roulés en hauteur, épinglés de bijoux naïfs, hérissés de mèches grasses, déborde à l'extérieur et forme une espèce de zoo. Les fauves de ce zoo seraient les dieux. Ils occupent une suite de cours entourées de cavernes, de niches, de chapelles, surmontées de clochettes d'or. Ces habitacles abritent des bouddahs d'albâtre de toutes les tailles, des candélabres de bouddahs, des assemblées d'hommes de lune, des tribunaux de colosses pâles, des massacres de statues de neige et, parfois, au fond d'un kiosque, un dieu de sucre candi, seul, couché, appuyé sur un coude, soulève une jambe sous une vague d'or qui l'habille, constellée d'une écume de diamants. Le soleil frappe les grilles des petites chapelles, zèbre les dieux captifs et leur donne l'air de tigres dont les yeux d'émail luisent dans l'ombre. Des bonzes en robe jaune bouton d'or circulent et regardent si vous ne portez pas de caméra. Leur crâne rasé gris perle. L'incandescence des lèvres humides. Ils crachent rouge et l'asphalte des cours porte les traces de cette averse de sang ininterrompue.

On s'éloigne par des paliers successifs et des marches. Les marchands du temple les bordent; ils surveillent les étalages.

En bas de la colline sainte, on se rechausse et nous retrouvons le luxe effréné d'une campagne où la glycine et le chèvrefeuille ne pourraient se faire entendre dans l'orchestre fou des parfums.

22 AVRIL. — LA VILLE CHINOISE. — LES SIKHS ENDORMIS. — UNE CASERNE DE SONGE. — L'INTENSITÉ LENTE. — AVEC LA BEAUTÉ ON SE CONNAÎT DEPUIS TOUJOURS.

Strand Hôtel. — Le jour, nous courons de boutique en boutique. Nous traversons les immenses entrepôts, les halles d'étoffes où vivent les familles des vendeurs. Le soir, le portier de l'hôtel et les grooms nous signalent les quartiers où ils estiment dangereux de se rendre.

— « No, no master. Bad, bad, no good. »

Fidèles à notre méthode, nous lançons nos poneys humains à longue crinière, les coolies sikhs vers les quartiers interdits et les coupe-gorge. L'esprit hôtelier empoisonne jusqu'au personnel du Strand ; les haines de races et de sectes s'ajoutent à la prudence riche, et nous savons que la beauté commence où s'arrête le guide.

Ville birmane, ville sikh, ville chinoise. De la charmante charrette de laque rouge aux volutes de ferronnerie, aux lanternes fragiles, traînée par les coolies qui trottent sans fatigue, presque portés et envolés entre les brancards, nous voyons fuir les avenues où dort, et grouille, et flâne et mange en plein vent, un mélange complexe de races. A gauche et à droite, des écuries de cerfs-volants ; les coulisses d'un théâtre de cuisines, de barbiers, de jeux clandestins et de métiers incompréhensibles. Pancartes, enseignes, chalets, hangars, échoppes, ruelles, banderoles, lanternes. Des groupes s'ouvrent et notre course frôle des Chinois, des Birmans, des Sikhs aux muscles superbes.

Il n'est pas rare qu'une grande femme, nouant son chignon d'un geste de nymphe, se retourne et montre le visage barbu d'un jeune Sikh. Les Sikhs, innombrables, anciens guerriers, contre-balancent l'invasion chinoise. Alors que les Chinois livrent au barbier jusqu'à leurs aisselles, leurs poitrines et leurs jambes, les Sikhs n'ont même pas le droit de se couper les cheveux. Plus tard, sur la route qui nous ramène de la ville chinoise, dans le quartier sikh, le peuple jonchera le sol des cadavres du sommeil. Ces amazones mâles dorment par terre, n'importe où, devant les maisons à un étage, les membres emmêlés, comme les hippocampes et les jonchets.

Ces faux morts — aucun ne bouge — miroitent sous la lune et dans les bandes de lumière qui se glissent des chambres où la Chine joue aux cartes autour d'une lampe suspecte et d'un tapis qui évoquent les couvertures de Nick Carter.

Les flèches de la fatigue criblent ces mille guerriers sans armes et confondus. Ils dorment, le profil à la renverse, une main loin du corps, leurs longues chevelures dénouées. Ils dorment les yeux ouverts. Le blanc des prunelles étoile leurs faces nocturnes et le filet rouge du bétel coule au coin des bouches entrouvertes.

Notre coolie a toutes les peines du monde à les

éviter, à frayer un chemin aux roues. Il arrive qu'une roue passe sur un bras, sur une jambe, et n'éveille pas l'étrange grappe clouée au sol. Et partout le pavot tortueux envoie sa profonde odeur interdite.

Revenons en arrière. Notre pantomine et le terme *pigeon*[1] « *Tchow-tchow* » a fait comprendre à nos trotteurs que nous désirions visiter une fumerie d'opium. L'opium est défendu. Toute la ville chinoise le fume et la ville birmane et, en fin de compte, on le fume partout.

Les chalets s'espacent. Moins de dormeurs jonchent les avenues. Nos trotteurs tournent et déposent les brancards en face d'une maison aux affiches écarlates. Porte à volets. Je la pousse et nous nous trouvons de plain-pied dans une caserne de songe. Verne parle de ces « dangereuses tabagies ». Le tabac n'infecte jamais ces lieux où, sur des bat-flanc aux nattes patinées d'or brun, séparés par les hautes lampes qui constellent la pénombre, flottent des corps habités d'un nuage. Sur quel fleuve d'oubli font-ils la planche? Cette visite nous rappelle les Pyramides. Mêmes trappes, mêmes surfaces luisantes, même patine brune, mêmes escaliers à pic, mêmes prises d'air, mêmes veilleuses, mêmes sarcophages, mêmes momies légères qui suivent le fil du temps.

Nous montons visiter les cases de la clientèle élégante, et pour ne pas céder à la tentation, au diable qui essaye de nous faire perdre notre gageure, nous quittons vite la chambrée parfumée.

— Passepartout, dis-je, s'il fallait cinématographier en l'accélérant, comme on tourne les plantes, les habitudes mongoles, on verrait une danse et des

---

1. Argot indigène.

nageurs et des chevelures qui flottent à la manière des algues dans l'eau du temps.

Que ce calme du temps, que ces menus aux mille plats, et ces bols, et ces baguettes, et cette préciosité du moindre objet populaire, que ce silence et ces clop-clip-clop-clip des savates chinoises, que cette oisiveté apparente du travail fait à la main, nous manqueront lorsqu'il faudra rejoindre la grossièreté, la hâte, le bluff, la camelote faite à la machine de l'Europe.

Escale du 20 avril au 23.
Le KAROA nous emporte. Nous quittons Rangoon après un *long séjour*. Nous laissons des amitiés et des souvenirs. Ce voyage nous enseigne l'élasticité du temps. Il faut éviter la froideur et l'enthousiasme. Apprendre à ne pas flamber, à condenser notre flamme. Tout est dans la manière dont on brûle. Intensité lente. L'Oriental fume interminablement une pipe de la taille d'un dé à coudre. Et ce qui explique nos habitudes rapides, c'est que la beauté est une vieille connaissance; on la rencontre comme si on la connaissait depuis toujours. Courtes habitudes; c'est bien cela! Chaque escale nous créait des habitudes nouvelles. Au retour, je trouve dans Nietzsche : « J'aime les courtes habitudes et je les tiens pour des moyens inappréciables d'apprendre à connaître beaucoup de choses. »

PENANG, 26 AVRIL. — ÉLOGE DES CAFÉS DU SECOND EMPIRE. — LA NUIT, PENANG EST MAGIQUE. — AVEC LE FUMIER, LA CHINE FABRIQUE DE L'OR. — FUMERIE D'OPIUM POPULAIRE. — UNE ÉNIGME DANS UN BAR.

Campagne luxuriante. Odeurs aussi compliquées que les formes. Pelouse d'un vert fou. Orage. Flamboyants, arbres de feu orange : par l'entremise des coloniaux, ils donnent leur nom aux bordels de Marseille. Chalets bleus, chalets jaunes, chalets roses. Dragons d'émail. Fleurs et parfums. Bœufs bossus et pâles, le front décoré d'une lyre. Les coolies suent. Leur trot est complètement différent de celui des coolies de Rangoon. Ils trottent en remuant les épaules et en levant les pieds très haut en arrière.

Le *Temple des serpents*. Les serpents ont pris la couleur des pierres. C'est un édifice machiné dont les motifs d'architecture vivent, se nouent, se dénouent et changent de dessins sous nos yeux. Je pense à la grotte d'Aouda du TOUR DU MONDE. Les machinistes aux bras habillés en serpents. Ils les agitaient par des trous. L'acteur Pougaud, entraîné par son rôle, donne un coup de bâton pour défendre la princesse, et le serpent crie : « Nom de Dieu ! »

Dimanche. — Les banques fermées. Nous sommes sans une roupie. Boutique de change. Les musulmans en tiennent partout. Le véritable nom de Passepartout, arabe, arrange les choses. On nous offre des boissons glacées. On avance des chaises, on paye.

Un enterrement passe. Pagodes de papier dentelle sur les épaules de Chinois nus. Un orphéon de patronage, habillé de toile blanche, exécute les premières mesures de la *Marche funèbre* de Chopin sans cesse reprises. En tête du cortège des cornemuses violentes, amères, se superposent à la marche funèbre, sans s'occuper d'elle.

Penang empeste le patronage. Écoles. Demoiselles chinoises à lunettes et à croix d'or. Air cafard. Collégiens à bicyclette. Jamais nous ne rencontrons un blanc.

Tout le morne du style « moderne » « prix unic », « coopérative », est absent de ces villes-villages faites de surprises et de contrastes. Sauf le chapeau mou (parfois deux l'un sur l'autre), rien ne rappelle l'Europe. Les rues chinoises seraient l'œuvre d'un tout-puissant facteur Cheval, d'un douanier Rousseau architecte. Génies puérils et purs. C'est pourquoi j'aimais à Paris le style des cafés de 1870. Ils réservaient des recoins d'ombre, des petites salles plates, des escaliers intérieurs, des rampes de peluche, des franges, des moulures, des lustres, des girandoles. La *platitude* n'existait pas. Avec elle l'ennui commence. Ou bien j'exige le vrai style de mort : l'Égypte. Sa platitude de dalle funéraire. Sa ruche, sa reine, ses cellules et son miel noir. L'ennui mortel de l'immortalité.

J'admire que Jules Verne ne décrive même pas les narines cloutées de diamant de miss Aouda. Il décrit un « voyage extraordinaire », non ce qu'il y voit. Je devrais ne décrire que la partie de dominos de nos cabines les unes au bout des autres.

Somme toute, pas de grosses surprises. Jamais de déceptions. C'est comme je l'imaginais, en mieux, en détaillé, en fouillé, en relief, en obscur. Par exemple, je n'imaginais rien des Sikhs, la plus belle race du monde.

Notre entreprise, mieux que des décors et des figures, m'évoque des planisphères, des cartes, des longitudes et des latitudes, des ciels qui tournent.
Et du faste ! La Chine qui est partout a le sens du faste. Je parle des pauvres. J'ai brûlé les lettres de recommandation, les consulats, les ambassades. Nous avons, par système, déjeuné et dîné dehors, avec nos coolies, et de ces fêtes qu'ils nous offraient chez eux et dans les rues, je garde le souvenir du faste. Plus la Chine est pauvre, plus elle est riche. Ses philosophes possèdent la pierre philosophale. Ils ne salissent pas : ils patinent. Ils connaissent le secret avec le fumier de fabriquer l'or.

Toute la journée du dimanche 27, on charge et on décharge. Grande péniche amarrée contre notre bateau. Cris des noirs. Sacs de riz. Water-boats.
Par les fenêtres de la salle à manger, on plonge sur un spectacle unique. Tout l'avant du cargo, la cale ouverte, gouffre carré plein de sacs et de démons noirs,

de cris, de gestes. Autour, les jonques aux ailes de papillons de nuit évoluent sur une mer de jade. La côte du même vert, un peu moins laiteux, et les montagnes derrière, plus vaporeuses que les nuages compacts, et des déchirures d'opale; et, dans les agrès, l'intensité douce des lampes électriques qui s'allument et qui attendent que tout sombre dans le noir pour éclairer le travail.

Les cris des chefs d'équipe. Les Chinois en casque colonial qui inscrivent des chiffres. Les chefs de service mahométans aux toques de velours noir, mordoré, grenat.

À 7 heures et demie, nous sommes pris d'une fringale de ville chinoise. Nous descendons la coupée et nous laissons tomber dans un sampan. Mer agitée, grosses gouttes de pluie. Le ciel avec des plaques de lumière, des feux roses comme des apparitions qui s'évanouissent. La buée dans laquelle on baigne doit former des écrans sur lesquels se projettent des mirages, des prismes. Le sampan, qui a la grossièreté d'un accessoire de théâtre ou de manège à vapeur, saute dans l'opale vers une côte de sépia. Autour de nous d'immenses bacs transportent des automobiles, des girandoles électriques, et nous basculent dans leur sillage.

Nos coolies nous attendent. Mais nous voulons marcher sous cette grosse pluie dont les gouttes éclatent. Les hirondelles crient sous les arcades.

La nuit, Penang est magique. La rue est une scène de comédie interminable entre les coulisses des enseignes étroites et hautes qui la bordent. Enseignes de bois et de papier. Le crime y doit être tout naturel. Il est impossible d'imaginer ici une des boîtes de Montmartre ou de Marseille. « Paris, dit Passepartout, de loin, c'est une boîte de nuit. » Elles ne peuvent prendre place dans cette gravité où le spectacle résulte du fait que rien ne se donne exprès en spectacle. Une singularité qui se connaît et qui s'exploite donne naissance au pittoresque et au manque de sérieux. Sérieux des villes chinoises, qui ne savent rien d'autre qu'elles. Marécage à sec. Pilotis et perches. Aspect lacustre de tout quartier chinois. Aucune bête.

Les porteurs stoppent et posent leurs brancards devant un petit restaurant étroit comme un corridor, bariolé d'affiches vertes et rouges, de chromos qui représentent des dames chinoises en 1900 et des marines de la guerre russo-japonaise.

Un bébé, qui mange sur les genoux de son père, hurle de peur en nous voyant. Il est épouvanté comme un petit blanc par des Chinois. Départ de cette charmante famille que nous retrouverons tout à l'heure après dîner.

Les Chinois croient toujours nous prendre beaucoup et nous leur prenons bien davantage.

L'énorme coolie de Passepartout s'élance. Le mien emboîte le pas. Nous les laissons aller où ils veulent. Brusque tournant dans une impasse que les Birmans appelleraient un coupe-gorge. Escalier à pic et nous débouchons dans la fumerie des camarades de nos coolies. Le bébé qui hurle encore d'épouvante. La petite sœur toute nue qui gesticule avec des pieds gris perle ravissants. On la pose sur le bat-flanc recouvert d'une carpette de lattes rousses, patinées par les corps, les coudes, la fumée. La fumerie est en façade et les Chinois nus, aux caleçons roulés, s'y tiennent debout. Linges qui pendent, calendriers. Belle lampe très haute, le verre recollé à la cire rouge. Le reste de la maison, escaliers, chambres, recoins, dans l'ombre. Seul éclairage de la lampe à opium. Gentillesse des sourires. La charmante férocité chinoise. Peut-être un Hindou serait-il mal reçu...

Notre gros coolie a été jadis vedette des poids lourds dans un cirque. Il a voyagé. Il en a rapporté une sorte d'anglais qui le fait prendre pour un savant. Il est entouré de respect et nous consolidons ce mensonge en feignant de le comprendre et de parler avec lui. Nous finissons par deviner que la police pourchasse les fumeurs à Penang et les rationne. Ils nous montrent le carnet grâce auquel, selon les besoins, on leur vend de petites capsules d'opium poinçonnées. Les jours de prison couvrent des pages et des pages. Cela les amuse.

Je reverrai toujours cette espèce de haute alcôve rousse où se pressent des Chinois aux ossatures singulières, aux hanches huileuses, aux yeux gais, debout les uns derrière les autres, éclairés par-dessous, regardant passionnément cette chose incroyable : des blancs qui respectent leurs habitudes.

Si la police arrive, un guetteur l'annonce. Dehors, un gosse crie un cri convenu de marchand ambulant. Un autre frappe des castagnettes de bambou. L'opium disparaît, le thé fume. On lave du linge, on gratte des cordes nasillardes. La police peut faire semblant de ne rien voir.

Il faut partir. Avant le port, halte dans un petit bar anglais. Nous voyons les premiers blancs. Quatre Anglais attablés sous un ventilateur autour de verres de gin, dans lesquels ils pressent de minuscules tranches de citron.

À peine sommes-nous assis, que nous nous apercevons d'une atmosphère bizarre. Excepté le barman impassible, une femme qui avance une face plate entre des rideaux, et quelques Sikhs nus, renouant leur chignon, qui entrent et qui sortent, il n'y a que nous d'assis et ces quatre Anglais de la table.

Jamais je n'ai senti une électricité pareille, une telle décharge de je ne sais quoi. On peut observer cette table. Elle ne distingue rien en dehors d'elle. L'homme qui tourne le dos est regardé passionnément dans les yeux par les trois autres ; surtout par celui qui fait face, un jeune Anglais blond, à tête rase, à figure ronde.

Parfois ses yeux se remplissent de larmes. Sont-ils saouls ? Le gin exalte la situation. Mais il y a autre chose. C'est la minute la plus intense de la vie de ces quatre personnes, j'en jurerais. Celui à droite de l'homme qui tourne le dos s'effondre, la tête entre les mains. Aussitôt l'homme lui caresse l'épaule et les deux autres, par-dessus la table, tendant leurs mains qu'il réunit et empoigne fortement dans sa main gauche. Il semble que le jeune homme à droite perd tout en perdant cet homme vu de dos qui les quitte. Une bande se défait par une malchance du sort. On dirait que, très bas, l'homme prêche et leur laisse une sorte de testament.

Ils en arrivent au point où l'on ne se gêne plus pour personne. C'est presque irrespirable.

Soudain Passepartout me montre, derrière la vitrine, entre les bouteilles et le petit Johnnie Walker en habit rouge qui lorgne, la figure noire de nos coolies qui dévorent la scène des yeux et nous font des signes.

Passepartout sort. Il rentre et me dit que les coolies

l'ont supplié de se méfier des quatre Anglais. Ce seraient des voleurs très dangereux. Naturellement, la nouvelle nous décide à ne plus quitter le bar, et les figures de nos coolies s'aplatissent aux vitres.

Que de nuits dangereuses ces hommes ont dû vivre dans ce bar ! Que de rendez-vous après la chasse aux dupes.

Pendant que l'homme qui tourne le dos essaye de secouer doucement et de consoler celui de droite, Passepartout attrape au vol un échange de clins d'œil suspects entre les deux autres hommes. C'est donc encore plus compliqué que cela n'en a l'air. Si les coolies ont raison, et si ces blancs sont des voleurs, l'un d'eux est obligé de quitter la ville et c'était leur chef. C'est lui l'origine du groupe. Lui la tête et l'âme. Peut-être un de ceux qui échangent des clins d'œil espère-t-il bénéficier de sa fuite et diriger l'entreprise. Mais quels regards ces individus posent sur le visage de celui qui nous tourne le dos et que l'on devine large, ravagé, tendre, dur. On dirait une vamp, une femme *fatale* qui les abandonne. Je me lève, suivi de Passepartout, et je quitte cette scène intime tendue à se rompre. Nos coolies nous poussent dans les charrettes et se sauvent à toutes jambes, comme s'ils nous arrachaient des griffes du diable.

Je pense à ces hommes. Déjà vivre à Penang représente de ne plus pouvoir vivre ailleurs... et ne plus pouvoir vivre à Penang ! Ce quatuor, cette mystérieuse musique de chambre, nous a marqué Penang de poésie lourde, résume avant le départ tout ce que nous sentions au-dessus de cette ville vaguement suspendu d'orageux.

Et je revois la tête de Chinoise qui soulève une portière, la figure impassible du barman, le ventilateur qui semblait soulever ces quatre hommes de terre, au-dessus du bien et du mal.

BIG CITY

Le whisky-soda du bar des aventuriers n'était point une farce. J'ai dormi. Je m'éveille. Le KAROA immobile, troué de sifflets aigus. Bruit de tonnerre du chargement qui se prépare. Fleuve immense.

Port Swettenham. Tout ici très TOUR DU MONDE à l'époque Verne. Le KAROA qui fume entre à reculons dans cette baie gris perle. La manœuvre approche le cargo d'un quai couvert de rails, d'un va-et-vient de locomotives basses qui crachent des gerbes d'étincelles.

Foule misérable. Ouvriers dockers en guenilles, squelettes herculéens. Tous portent plusieurs chapeaux de feutre les uns sur les autres. Parfois, ils les mettent comme les clowns, en forme de bicorne, de tricorne.

Contre le KAROA, côté fleuve, des poutres en bois de teck et en bambous se préparent pour les marchandises, ouvrent leurs cales. Écœurement doux. La péninsule malaise en forme de mangue. La première mangue est exquise, la deuxième trop exquise, la troisième on la jette sans la finir. Sueur parfumée.

La fumée des cargos et les nuages orageux se mêlent. Nuages au loin bordés d'un mince ourlet bleu sombre.

Descendons pour fuir le vacarme, les cris de singe, les tonnerres de chaînes. Tout a l'air d'avoir été trempé dans un bain de sépia rousse : cordages, bois, voiles, linges, corps.

Un jeune démon portugais nous offre sa Ford. Nous y montons. Impossible de se comprendre. Où est la ville ? Big City... Big City. Qu'il s'y rende ; on verra bien. Campagne riche, propre, grasse. On traverse de petites villes chinoises. L'auto roule à toute vitesse sur une route luisante. Orgueil nègre de se dépasser les uns les autres. Conduite à gauche. Pour nous, habitués à conduire à droite, nous croyons chaque fois que les voitures vont se broyer.

Petits temples entourés des sculptures d'un manège à vapeur. Bêtes cabrées, miroirs. Végétation lyrique. Parfois même la verdure s'exalte jusqu'à faire la roue (l'arbre éventail). Haies d'hibiscus rouges. L'eau, le sang, le sable mouillé de sang. Vertige de santé, comme lorsque l'on se porte bien et qu'on se coupe avec le rasoir. Le sang écarlate barbouille et ne fait pas mal. Les blessures cicatrisent vite. Caoutchoucs. Forêts de caoutchoucs. Au bord de la blessure visqueuse de l'écorce un long ruban de caoutchouc se détache. Une mince bande de chewing-gum.

Des jeunes gens à bicyclette nouent leur chignon en lâchant les mains. Ils s'approchent de notre halte. Ils rient doucement. Un rien excite leur rire. La nuit tombe. Canonnade électrique. Buée qui buvarde les éclairs. À droite, à gauche de la route, des villas d'une élégance fabuleuse. Des chalets sur pilotis de style colonial.

Une phrase de BUBU DE MONTPARNASSE m'avait émerveillé jadis « *les bateaux-mouches éclairés jusqu'à l'âme* ». Les villas éclairées jusqu'à l'âme. On voit la vie et l'élégance comme dans le moulin transparent d'une pantomime.

Big City! Big City! La route n'en finit pas. Où allons-nous? Il y a une heure qu'on roule. Le KAROA charge toute la nuit, repart demain matin. Big City... Le nom de cette ville... Nous croyons entendre : « *l'Impure* »[1]. Et nous en restons là.

L'IMPURE comment sera-t-elle?... Nous croyons toujours que la ville approche. Ponts de fer. Fleuves. Quartiers à boutiques de barbiers, à épiceries mystérieuses. La campagne, la forêt recommencent. Rêves. Des rames de wagons les unes derrière les autres, sans fin. Et, tout à coup, une gare de plâtre, grande comme cinq fois le vieux Trocadéro, un Trocadéro plus léger, plus élancé, plus riche en tourelles, en colonnades, en flèches, en minarets, illuminé au magnésium. À gauche, sur une colline, les palaces-hôtels des villes de Rimbaud. Cent mille fenêtres étincelantes. Le Majestic, le Carlton, le Splendid-Hôtel, le Continental. Pour qui? Les singes entrent dans les chambres, emportent des objets et s'ouvrent la gorge avec les rasoirs. Pas un blanc. Kiosques lumineux dans des fonds de verdure, sur des lacs, au milieu d'îles de fleurs. Boulevards. Cohues de rick-shaws qui sont des merveilles légères en ferronnerie d'or et en laque rouge, leurs coolies couchés, étalant des jambes de bronze. Et toujours la buée laiteuse, les paquets d'ombre, la ville qui ne commence jamais.

1. Kuala Lumpur.

Big City! La voilà, tellement grande, étincelante, inattendue, que nous croyons rêver, dormir.

L'auto stoppe. Toute la ville pleine d'un ron-ron de ventilateurs et du clapotement des socques.

Les femmes plates à gros visages boudeurs, barbouillés de craie blanche, en pyjamas à col haut et dur. « Des amphibies », déclare Passepartout. Les hommes se tiennent par le pouce. Pas un seul Européen. Nous voulons dîner; nous choisissons un restaurant chinois. Pour entrer il faut fendre l'attroupement qui entoure les camelots. Ils étalent par terre des jeux de hasard, des loteries à chiffres d'encre de Chine, sur des pancartes rouges.

Devant le restaurant je me retourne. Je cherchais Passepartout et le vois cloué sur place par un spectacle atroce. Près d'un monticule de petites choses grises qui sont des dents, un dentiste est accroupi, une flamme d'acétylène attachée au bout d'un tuyau à son épaule. En face de lui, dans la même pose, un vieillard, sa tête chauve renversée en arrière, la bouche large ouverte. Une flaque de sang sur le trottoir. Le dentiste manipule des pinces, arrache les dents du vieillard, en essaye de neuves, en ôte, en remet. Les tables de dîneurs contemplent. Je n'ose plus changer de restaurant.

Ici aucune langue ne peut servir. Les garçons, le patron nus nous entourent. Les tables voisines nous inspectent comme des bêtes curieuses. Les dîneurs se curent les dents. Nous essayons de dire : servez-nous n'importe quoi. Rires sans méchancetés. On n'apporte rien.

Nos tentatives les amusent beaucoup.

Ils se taisent, sauf lorsque nous regardons l'heure à notre montre ou renouons un lacet de soulier, ou nous mouchons. « *How much* »? Combien la montre? Combien les souliers, combien le mouchoir? C'est l'unique préoccupation chinoise. La seule phrase anglaise qu'ils savent. Le dollar règne. Nous finissons par montrer ce qu'il nous faut sur les tables voisines, sans plus nous gêner que nos voisins ne se gênent en nous inspectant.

Dîner de riz, de sauces fortes, de poisson sec, de gélatine de vermicelle translucide, et cette petite verdure d'un goût que n'approche aucun autre et qui parsème toujours les plats. Le dentiste accroupi arrache et remet des dents au vieillard. Fuite. Cinéma colossal. LES NUITS DE MOSCOU, Harry Baur (*sic*). Nous qui fuyons l'Europe nous y entrons pour nous rassurer. Mais on a rempli le litre parisien de sauce chinoise, sonorisé le film dans la langue de cette populace mystérieuse. Harry Baur parle avec des sonorités de gong, de guitare nasillarde, un dialecte qui épouse le mécanisme français de la bouche.

De nouveau les rues, le peuple qui flâne. Passepartout achète un costume de grosse soie écrue. Il offre un dollar, on lui rend presque tout. Les enfants s'amusent avec une boîte qui les allume comme des vers luisants. C'est un théâtre, grand comme une boîte d'allumettes. On tourne une manivelle. Il s'éclaire et par un truc d'optique un cortège de monstres défile en gesticulant. Nous achetons ce jouet. Aubaine d'un marchand à bouche d'or qui parle chinois. Ici, pour se rattacher à quelque chose de réel, il nous faut regretter Penang, Rangoon, entendre parler chinois. L'Europe n'existe plus. Nous avons écrit des cartes, nous essayons de savoir quels timbres mettre pour la France. *La France est inconnue.* L'Impure... L'Impure... C'est vrai. Une atmosphère de luxe trop rapide, une atmosphère gorgée d'or, une ville poussée en hâte du sol imbibé d'un sang d'eau grasse, trop belle et trop rutilante comme un champignon vénéneux.

Le blanc s'y cache. Où ? Dans les banques à façades de guipure d'or, couvertes de lettres chinoises rouges sur fond de laque crème. Dans les entrepôts, dans les usines de caoutchouc des environs, dans les villas aux stores clairs tigrés de rayures noires, aux tréteaux de bois précieux, aux pelouses d'émeraude, aux jardins anglais à barrières blanches. On dirait que la ville plane dans la nuit, ailée des cent mille élytres de ses ventilateurs. Vitrines de diamant, étalages d'étoffes, de fruits, de parfums. Barbiers aux fauteuils de paresse. BIG CITY, L'IMPURE se ramifie à perte de vue, éreinte le flâneur, écrase nos dernières croyances naïves en une vague primauté d'Europe. Nous n'osons même plus penser à Paris.

Je dors à moitié. Les parfums des forêts nous droguent. Et cette brume d'eau tiède, cette vapeur de hammam, cette mollesse, ce malaise malais, ce malaise de Malaisie. Les poisons de cette ville où le faste des bâtisses, des marchandises, des feux, l'activité secrète ne correspondent pas au bétail nu qui la peuple. Bétail gracieux, esclaves d'un maître caché. Cette puissance occulte, impitoyable, m'évoque les gros yeux de la ventilation nouvelle tournant aux plafonds du STRATHMORE et qui semblaient surveiller chaque voyageur.

En route ! L'auto file. La brume qui brouille les jets des phares, la canonnade ininterrompue des éclairs de chaleur. Big City s'éloigne. Elle existe. Elle miroite, elle éclabousse. Nous nous la rappellerons dans la cité Berryer, ou celle du Retiro, vestiges d'un charme oriental que possédait notre pauvre petite ville.

Après une heure de Ford voici les docks, le fleuve, le quai, les appels lugubres des vapeurs que les machinistes du Tour du Monde imitent en soufflant dans un verre de lampe.

Dispute classique pour le prix. Figure d'assassin, tout à coup, de notre guide. Il grimpe à nos trousses sur le Karoa, nous persécute jusqu'à nos cabines. Nous retombons dans le tumulte du chargement, les appels, les sifflets. Passepartout déballe le jouet qui s'allume et le complet de tussor qui témoignent de la réalité de notre escapade.

Big City existe. Trop jeune pour notre vieil Atlas. Je ne veux même pas insister, apprendre l'orthographe exacte de son nom. Lorsque nos villes seront mortes et les villes qui se croient plus jeunes et ne furent que repeintes, elle régnera sur le monde inconnu qui nous dévore et balaiera les pourritures sublimes qui firent notre gloire.

Venise, l'Acropole, le Sphinx, Versailles, la Tour Eiffel, bric-à-brac lyrique, poussières sacrées, carcasses d'anciens feux d'artifice. Plus nous retournerons à notre point de départ en nous éloignant de lui, plus le ciel changera ses étoiles de place, plus les heures actives correspondront à des heures de sommeil, plus nous verrons s'organiser les préparatifs de nos funérailles.

6 heures et demie du matin. — Le Karoa est reparti à 6 heures sans que je m'en aperçoive. Et toute la nuit les cris du sondeur. Debout à l'avant, à droite, il balance un filin que termine un poids. Le poids s'enfonce. Il donne du filin et pousse son cri sur trois notes hautes.

MALACCA

L'escale de Malacca est une déception. La vie de Malacca doit être une vie de campagne très européenne et très élégante. La ville est une petite ville de province, pleine de garages, de papeteries, d'usines, d'écoles, d'églises méthodistes, de magasins, de pelouses de sport. Clubs et camps de boy-scouts. Fanfares qui s'exercent. Tirs. Ruines de temples. Couleuvrines. Rares sont les vieilles femmes qui marchent encore sur des moignons : plumes d'oie au bec retroussé, trempées dans des encres de couleurs vives. Rares les vieux qui portent la natte. Ici plus qu'ailleurs on s'attriste que les coutumes disparaissent. Malveillance des pêcheurs de Villefranche. Seuls les Sikhs tiennent bon avec leurs farouches crinières d'amazones.

Le soleil mange les couleurs. Le soir elles ressuscitent dans une brume de nacre. L'humidité lave la poussière. On dirait que des plantes sous-marines et des coquillages morts revivent dans l'eau fraîche.

Haies d'hibiscus. Les porteurs les appellent : *fleurs de souliers,* parce qu'ils teignent leurs socques avec l'écarlate de ces grosses fleurs compliquées qui tirent la langue.

Légumes. Rue lacustre. Magnifiques jonques de bois précieux, un gros œil à la proue. Les mariniers se douchent en tirant l'eau sale dans un seau qu'ils y jettent au bout d'une corde. Ils se baignent ensuite sans ôter leurs pagnes. Ils se frottent, les poings fermés, de toutes leurs forces.

A Malacca, impossible de plonger à même les rues et de rapporter une perle. Il faudrait mener l'existence anglaise. Nous rentrons en hâte au bateau qui s'éloigne à sept heures.

SENS CACHÉS

Il est bien rare que le pittoresque et la beauté fantaisiste ne nous accablent pas de fatigue et d'un ennui mortel. Les formes, les lignes, les couleurs exercent un pouvoir dont l'Occidental use à tort et à travers et dont l'Oriental compose ses philtres.

Un individu sensible est accablé par le désordre des proportions. La sottise d'un architecte est plus dangereuse que tout autre, car il est impossible d'échapper à son influence. Il ne s'agit pas du bon ni du mauvais goût. Il s'agit d'un lieu qui éreinte, qui empoisonne, qui épuise, qui jette ses sorts et ses maléfices silencieusement et sournoisement. Un hôtel, un bateau peuvent causer d'étranges ravages. On ne sait sur le compte de quoi mettre le malaise qui désagrège vos ressources. L'âme, raidie, perd sa souplesse. Le mal échappe à l'analyse. Vous riez d'abord de la laideur; elle vous intrigue, elle vous révolte. Peu à peu, elle vous empoisonne; votre organisme refuse de s'épanouir. Il louche, il boite, il meurt.

L'Orient connaît ces forces terribles. Il en use pour nuire ou pour enchanter. Un temple des Indes, une pagode chinoise peuvent nous hypnotiser, nous ensorceler, nous exciter, nous endormir, par l'emploi des volumes, des courbes, des perspectives.

Un monument qui sert ou qui a servi ne nous accable d'aucune fatigue. Le Colisée servait, l'Acropole servait. Le Sphinx servait, etc. C'est pourquoi ils nous plaisent. Il n'est pas nécessaire de savoir à quoi ils servaient, ni de profiter de leurs services. Le fait qu'ils sont nés d'un besoin, qu'un but dirigeait ceux qui les construisirent et les obligeait à se soumettre à des règles, leur ôte tout désordre et toute frivolité. Qu'il s'agisse d'étonner, de remercier, de dominer, d'assurer la survie aux morts par la ressemblance d'un double ou, par cette ressemblance, d'effrayer les détrousseurs de tombes, le point de départ n'est pas hasardeux. Jamais les grandes époques ne nous mettent en face d'œuvres d'esthètes. Un épouvantail effraye les oiseaux, il ne nous effraye pas; mais la seule nécessité d'obtenir une réussite inspire le paysan qui l'invente et le dispense d'être « spirituel ». C'est la beauté de l'épouvantail. Celle des masques nègres, des totems, des sphinx d'Égypte.

Des motifs puissants et presque toujours secrets se trouvent à l'origine de mille détails qui tissent la beauté grouillante de l'univers. Une singularité peut nous paraître gratuite, mais sa force expressive dissimule toujours des racines.

Savez-vous pourquoi la Chine casse les pieds de ses femmes? Vous me répondrez : la mode. Mode bien longue. Du reste, la mode elle-même a des sources inattendues. Un chauve lance la perruque, un boiteux le sous-pied, une princesse couverte de boutons rouges : la mouche, une impératrice enceinte, la crinoline, etc. Bien des infirmités cachées furent à l'origine de modes singulières.

L'origine du moignon des femmes de Chine est différente. Une race de bourreaux ne conçoit pas l'amour sans souffrance. Un pied brisé reste sensible à l'endroit de la fracture. Cet endroit, il suffit qu'on le touche pour torturer. C'est le vrai motif de cette coutume qui intrigue et qui cesse avec d'autres raffinements. Plus la Chine nous imite, plus elle abandonne ses privilèges mystérieux. L'érotisme retourne à la grossièreté d'Europe.

Recettes de cuisine et recettes d'amour se perdent ou deviennent du folklore. Les jeunes épouses chinoises n'auront plus à craindre la manœuvre conjugale qui leur arrachait, au bon moment, spasmes et cris de douleur.

Quel est le point de départ de l'étiquette qui change de place en place et de fond en comble le *ce qui se fait* et le *ce qui ne se fait pas* des peuples ?

Des Hindous et des nègres aiment mieux mourir que de se montrer complètement nus au docteur. Un officier anglais qui se déshabille et se baigne au bord d'un fleuve, s'il arrive qu'un indigène l'aperçoive, *perd la face,* et doit quitter les Indes. Un bruit de la bouche est un hommage du convive oriental à son hôte. Un bruit d'un autre genre est une honte après laquelle il ne reste plus que la mort.

Un jeune soldat hindou du major B... lâche ce bruit funeste à l'exercice. A peine est-il entendu par un de ses camarades. Il se suicide dans la jungle d'un coup de fusil, une heure après.

Un père lâche ce même bruit en se penchant sur le berceau de son fils. Sa femme le traite de « péteur » et il doit quitter le village. Vingt ans se passent. Il veut revoir son fils. Il retourne au village en cachette. Il interroge. Son fils est devenu un robuste soldat de l'armée des Indes. Il est fier ! Et voilà son fils qui rentre et sa vieille femme debout à la porte de sa maison. Il oublie le passé ; il approche. Sa femme le reconnaît : « Tiens, crie-t-elle à son fils, regarde, le péteur est revenu. » Il se sauve, et jamais n'osera reparaître.

Ces deux histoires sont des histoires véritables. Voici un conte :

Une princesse est amoureuse d'un savetier. On le lui refuse. Les docteurs obligent le père à accepter ce mariage. On éduque le savetier et le mariage a lieu. Pendant le festin de noces, le savetier lâche le dangereux bruit. Il se lève de table, se sauve, rassemble quelques hardes, quitte le château et la ville à toutes jambes. Il traverse des plaines, des forêts, des villages, et arrive à une autre ville. Il s'installe, ouvre une échoppe, se marie et a des enfants.

Vieux, il voudrait revoir la ville de sa jeunesse. Il quitte sa famille, une nuit, et fait, en sens inverse, la même route que jadis. Il traverse forêts et plaines. Enfin, il aperçoit la ville que des monuments nouveaux rendent méconnaissable.

Il entre. Il se dirige. Il lui semble reconnaître la place du château, mais le château n'existe plus. Il est remplacé par un jardin public et des Postes et Télégraphes.

Il aborde une mendiante de son âge. « Quand », lui demande-t-il, « a-t-on démoli le château ? »

Et, avec un geste qui exprime que ce n'est pas hier, elle lui répond : « L'année du pet. »

Histoire atroce. D'un mot on apprend que ce *bruit criminel* a changé la face des choses et qu'il les partage en celles qui eurent lieu avant et celles qui eurent lieu ensuite. Il pose à ce pauvre vieux savetier une couronne insolite.

En Occident cet écart eût fait rougir la princesse et son père aurait dit : « Tu vois ! »

En Orient, il écroule des murailles et date un règne.

Si les pieds broyés s'expliquent, cela nous reste une énigme. Il nous suffirait de savoir d'où viennent ces nuances pour cesser de les trouver drôles. Le touriste inculte qui court le monde avec notre méthode doit savoir qu'il traverse un cérémonial auquel il ne comprend pas le premier mot. Que cette assurance le rende timide et lui ôte une fois pour toutes la désinvolture européenne. Que rien de ce qui le déroute ne le fasse rire ou sourire et qu'il respecte des signes qui perdent toute naïveté décorative aussitôt que notre esprit en pénètre le sens.

TROIS HEURES DU MATIN, 29 AVRIL

Le Karoa ébranlé jusqu'aux moelles par ses machines glisse vers Singapore sur un piédestal de phosphorescence, entre deux ailes de bave, au milieu des explosions silencieuses du magnésium des éclairs de chaleur.

SINGAPORE. — UNE JUNGLE DOMESTIQUÉE. —
LA POLITIQUE DU SPORT. — EXACTITUDE DES
PIÈCES À GRAND SPECTACLE.

Singapore est une jungle dressée, domestiquée. Partout cette force monstrueuse de la jungle éclate, devenue pelouses, parcs, cultures, champs d'orchidées. C'est le port le plus salubre de l'Asie.

Sauf quelques cas de malaria très rares, jamais de malades. Terrains de jeux, de tennis, de base-ball, de rugby. La foule se couche sur les pelouses en face de la mer. C'est la politique anglaise. Pendant que la jeunesse s'amuse, elle ne complote pas.

Les missions françaises à Singapore sont payées par l'Angleterre. Elles ne parlent plus le français aux élèves. Elles veulent durer. L'Angleterre les protège comme agents de sa politique.

Deux bellâtres, le turban de tulle raide sur une calotte d'or en pointe. Un bout de tulle flotte jusqu'à la taille, l'autre dresse en l'air un jet de projecteur, une libellule de mousseline, une orgueilleuse cocarde. Redingote, caleçon de toile blanche, pantoufles de cuir mauve, fines moustaches, bagues, chaînes, cravache à l'anglaise sous le bras.

Ces bellâtres flânent aux étalages, se consultent, entrent, ressortent. On devine que s'habiller, se parfumer, s'adoniser est un sacerdoce, la préoccupation de toutes les minutes. « Ce doivent être des *rajputes* », déclare Passepartout. « Ils embobinent les pauvres femmes et jettent des sorts. » J'admire l'étymologie fantaisiste que ces princes du trottoir évoquent à Passepartout. Radjahs-Putes. Sont-ils de cette grande race (rajputana), la plus pure des Indes ? Portent-ils des costumes de fantaisie ? L'indifférence générale nous prouve qu'ils portent un costume correct, les signes de leur caste ou de leur province. Ici, toutes les excentricités vestimentaires obéissent à un code. Mais où, avant les Indes, avais-je déjà vu des types analogues ? Au théâtre, parbleu ! Et qui plus est, dans LE TOUR DU MONDE. Exactitude des costumes et des mises en scène des managers ayant roulé leur bosse dans toutes les villes.

HÔTEL ADELPHI. La chambre trouée de portes à volets, d'impostes, donne sur une seconde chambre en plein air. Et cette chambre en plein air, sur une grande terrasse brûlante. La terrasse sur l'église et les fakirs.

LES COUPE-GORGE

« C'est très bien d'être casse-cou, de n'avoir peur de rien. Mais il y a des limites. Vous avez tort. Croyez-en un colonial de longue date. » Les ai-je entendus ces conseils de la pusillanimité, cette fausse sagesse des peureux qui prennent un air entendu et qui parlent de leur expérience. Notre expérience est faite. Nous avons traversé le monde. Dans chaque ville, nous avons suivi sans aucune crainte nos coolies dans les impasses où l'on trébuche à coups d'allumettes, à travers des escaliers qui branlent, des cours boueuses, des trappes. Il suffisait de s'expliquer par gestes. Quelquefois cela donnait lieu à des quiproquos, à des hôtels borgnes. On nous amenait des poules chinoises accompagnées de matrones, etc. La découverte du quiproquo, les rires qui en résultent, commencent une amitié qui augmente à chaque seconde. Les coupe-gorge ont toujours été d'un accueil large, sans réserve, la meilleure place offerte. Les dormeurs qui se dérangent et cèdent la place, le sommeil interrompu sans une plainte. Le cœur offert en échange d'une cigarette.

Cette nuit, dans un grenier où s'empilent une vingtaine de camarades autour des lampes, le voisin de natte s'éveille en sursaut et plonge avec stupeur directement de son rêve sur nos figures pâles. Derrière les cloisons, les pipes chantent. Je croyais nous voir de loin dans une glace suspendue au mur et je me rends compte que le cadre de cette glace est une fenêtre ouverte sur d'autres fenêtres, sur d'autres lampes, sur d'autres fumeurs.

Évidemment, ici ce serait simple de nous supprimer. Même la police ne s'aventure pas dans ce milieu qui correspond à celui de nos balayeurs, et le marchand d'opium pousse son cri comme le rempailleur de chaises.

Une fois l'atmosphère s'est figée autour de nous. Elle est devenue suspecte. Une vieille canaille à lunettes, véritable cobra, essayait de circonvenir nos boys. J'étais sûr d'eux, mais ce qui est à craindre c'est un geste qui tourne mal, qui les oblige à perdre la tête, qui peut les mener bêtement jusqu'au crime.

Il s'agissait de garder notre calme et de leur faire honte par notre attitude. Pluie diluvienne. Atmosphère vite détendue. D'eux-mêmes, sortis de là, nos boys, l'oreille basse, nous disent qu'on ne retournera plus dans cet hôtel.

(Ces greniers sont leurs hôtels, ils y couchent et fument sur et sous des tables d'architecte.)

LE NOUVEAU MONDE. — THÉÂTRES.
— CUISINES.

Singapore possède son Luna Park. Il en possède même deux. Des amis français, les Coupeau, nous mènent dîner au plus ancien. Le NEW WORLD. Pas de blancs. Ici les races mêlées se démêlent pour s'asseoir au théâtre. Le théâtre chinois, le théâtre malais, le théâtre mahométan, le théâtre japonais, si près les uns des autres que les musiques et les dialogues s'embrouillent. Des publics respectueux, silencieux, qui n'applaudissent jamais et ne manifestent leurs sentiments par aucun signe extérieur. Des publics concentrés (rang des femmes, rang des hommes, rang des enfants) et des pièces interminables.
Quand commencent-elles ? Quand finissent-elles ? Vous pouvez essayer tous les jeux d'adresse et de chance, visiter toutes les baraques, goûter toutes les cuisines, toujours vous retrouverez les personnages de chaque pièce aux prises avec l'intrigue qui les agite. Longs monologues. Les farces ne provoquent aucun rire. La pièce malaise met aux prises des soldats, des chefs, de jeunes généraux, des pirates à longue barbe, des guerriers portant une hotte d'étendards dans le

dos, des dieux du fleuve, des camps, des temples, des tombes, des rêves derrière des tulles.

Lorsque j'arrive les ennemis attaquent le jeune général debout sur une chaise derrière une toile à portière rouge qui symbolise sa tente. Près de lui, un soldat lance une bombe au bout d'une corde. Il la rattrape et la relance. En bas, des guerriers aux masques terribles agitent, au bout de perches, des étoffes orange qui représentent le feu. Les machinistes frappent des gongs. La moitié de la figure du jeune acteur qui joue le général est peinte en vert. Chaque fois qu'il passe de la lumière verte dans la lumière blanche, *il emporte son éclairage avec lui.*

Le théâtre chinois joue un mélodrame moderne. Des gangsters séquestrent une jeune fille. Je tombe sur une scène d'un réalisme naïf. Des femmes au maquillage de plâtre tourmentent leur victime en robe rouge. On la détache d'un lit de fer et on étouffe ses cris sous une couverture.

La lutte, les menaces des bourreaux, les convulsions de la jeune fille, composent une pantomime où la violence réglée lentement et syncopée avec des tintamarres de batteries, se déroule dans un aquarium.

Non loin, à droite, derrière une multitude attentive, sur un fond de minarets et de dômes, des dames en chemises courtes séduisent un jeune prince des CONTES DE PERRAULT (lorsque la couleur des images d'Épinal bavait un peu).

Qu'elles sont sérieuses et attentives, et sans l'ombre d'impatience, d'ironie, d'esprit critique, de pessimisme, ces salles en plein vent où le texte doit être difficile à suivre. Rien ne les distrait de leur rêve local, ni le vacarme du théâtre voisin, ni les carabines, ni les parades, ni les cris des restaurateurs, ni la cornemuse des fakirs.

De la terrasse du restaurant chinois où nous en sommes au dixième service — des peaux de canards croustillantes et blondes, taillées au rasoir — on domine les théâtres.

Le cortège des guerriers malais galope autour du jeune chef qui cache ses mains dans ses manches, les sort, exécute avec les doigts une suite minutieuse des gestes traditionnels. L'histoire de la victime continue au théâtre chinois. Les gangsters sont attablés dans un bar cubiste. Miaulements, emphase, voix du nez qui module, orchestres, montent vers nous sur cette terrasse où les mets se succèdent.

J'oubliais de vous dire que pendant les préparatifs du repas, nous mangeâmes des petites brochettes de viandes aux épices, dans une cuisine arabe en plein vent.

Les brochettes sont cuites sur la braise, trempées dans une sauce d'or rouge, mi-poivre mi-sucre. Ce plat est le meilleur de ceux que j'ai mangés en Orient. On paye selon le nombre des bâtonnets qui jonchent la table.

Devant chaque cuisine une étagère expose les ingrédients du menu. Bols contenant des perles de cristal mou, cheveux d'ange, crabes de laque rouge, boules de givre, farines comme celles dont certains Sikhs se barbouillent le front, semoules de neige, le letchi qui est un baiser en conserve, tranches de pommes, de poires, de mangues, de pastèques, d'ananas, de papayes qui reposent, piquées au bout d'un cure-dent de bois, sur les blocs de glace, sirops de roses et les bottes de canne à sucre et les beignets au miel.

LE MARCHAND D'ANIMAUX

Ce parc dans la campagne est un symbole de ce que pourrait être Singapore et de ce qu'elle est.

Un marchand chinois d'animaux au bord de la mer. Ses caisses et ses cages semblent faites de bric et de broc. Elles ne cherchent pas à rassurer le public car les bêtes ne pensent pas à briser leurs barreaux très minces.

Deux gorilles roux, dans leur kiosque entouré d'eau. La femme (impossible d'employer un autre terme) se laisse glisser dans l'eau. Elle traverse les bras étendus, enjambe le rebord, nous enlace de ses bras, nous serre les mains, nous les met autour de son cou. Toutes ces câlineries dans une sorte de vague, comme une folle. Sa bonne tête de noix de coco rouge, la boule de son ventre, ses mains plus grandes que les nôtres, douces, maladroites. Elle nous regarde nous éloigner. Soudain elle retourne à son kiosque. Au milieu de l'eau elle s'arrête, s'étire avec des gestes lascifs de grande coquette. Quelquefois elle pose une main sur ses yeux. Elle a l'air de vouloir s'éveiller d'un sommeil atroce.

Depuis les cacatoès gris fer à joues rose corail jusqu'aux crocodiles qui, échoués dans la vase puante, sont les godasses desséchées, cloutées au bord et qui bâillent, de Charlie Chaplin, les bêtes sont toutes prises de la veille. Les pythons, paquets de vieille toile à laver. Au milieu de ces paquets, d'un noir sale, Dieu sait où, le mufle de Kaa rosâtre, jaunâtre, éclaté, crevassé, gercé, mis en compote par quelque bataille. Tout le personnel du JUNGLE BOOK est là : Baloo, le nez large et triste entre les barreaux de sa cage et Shere Khan, capturé avant-hier. Un essaim de guêpes sur un feu de braise ne ferait pas mélange plus homicide que ce tigre captif, ramassé dans un angle de sa cellule. Habité d'un moteur d'une puissance incalculable, cette machine à tuer parfaite tremble de colère contre la paroi d'une cage fragile. Ses *ah! ah! ah!* sont d'un lutteur ligoté, qui ne peut croire que c'est vrai qu'on l'a eu, qui se déteste de s'être laissé prendre. *Ah! ah! ah!* Ce rugissement furieux, cette plainte rageuse, ces accès de révolte et de désespoir légitimes, rechargent ses accumulateurs, l'allument de partout, le hérissent de moustaches, de griffes, d'ondes jaunes, d'éclairs d'agate et d'émeraude. Sa gueule fraîche, incandescente, chauffée à blanc. *Ah! ce n'est pas possible, pas possible! C'est trop affreux, trop injuste. Qui chassera pour ma femme, pour mes fils? Où sont-ils? Si j'avais su... j'aurais dû... Ah! ah! ah!...* C'est ce que disent ses muscles bandés, ses poings mordus, ce flanc plat qui palpite à toute vitesse cette gorge qu'il racle et ce bruit qu'il tire de son âme.

Il obéira. Il deviendra presque sage, aveugle. Il aura des yeux de pierre de lune, comme cet autre tigre un peu plus loin qui habite sa cage depuis sept ans.

Sous un hibiscus double à cocardes rouges, le cobra royal. Le plus noble spécimen, paraît-il, qui se puisse voir. C'est le gardien des trésors. On l'observe derrière une vitre, car le venin qu'il lance est mortel s'il touche la moindre égratignure. Il termine sa mue. Il dresse sur la bouse de son corps obscur un col et une tête de pommeau de canne, pavée d'ivoire et d'émail rose, crème, noire, jaune pâle. En chargeant contre la vitre, il s'est blessé le nez. Il en souffre et ménage ses colères. Il me regarde. Il pense. Il hésite. Il est un cobra. Nous pourrions l'être au lieu d'être nous. Il cligne les petites boules grises de ses yeux (l'une est encore à moitié recouverte d'une dentelle de peau morte). Sa méditation, plus lointaine que les étoiles. Comme le tigre on dirait que sa révolte l'allume intérieurement et dans l'ombre éclaire en veilleuse, par transparence, la mosaïque du crâne et du cou.

Le petit Mowgli malais qui hurle de peur lorsque Passepartout essaye de le prendre. Il se calme lorsqu'on le pose sur le grillage du gros python noir de quatorze pieds.

Il le touche du doigt. Il frappe le grillage.

Le golden Cat, plus petit qu'un chien de police. Les mains croisées, les yeux mi-clos, il observe. Sa pose de jeune prince cruel, son maquillage compliqué lui fait une bouche sur la bouche, un sourire faux d'une ironie écrasante. Ce tigre, ce cobra, ces crocodiles, ce golden cat, certains parfums de frangipanier, certaines plantes carnivores, la capsule couronnée du pavot qui sue l'opium, certains toucans aux casoars fous, dénoncent, comme l'éclair témoigne des énigmes homicides du ciel, l'intensité des essences du sol sur lequel nous sommes. Des villas, des routes, des parcs, des cultures, des églises, des hôtels ont remplacé les lianes, mais le sol et le soleil et les pluies qui le fécondent ne changent pas. Les Anglais et les Japonais le savent. On imagine les ressources que ce pays peut opposer à l'épuisement européen.

C'est Juge, directeur de la Banque d'Indochine, qui nous mène dans son auto. Cet homme est de la race des coloniaux qui savent se faire ouvrir le cœur indigène et garder leur rang. Il ne s'enlise pas dans un demi-orientalisme. « Le tout est de savoir si l'on veut s'enliser », dit-il.

Les fonctionnaires qui veulent apprendre le chinois. Ils deviennent déficients en affaires. Leur esprit travaille par cascades de calembours. Ils perdent contact avec la réalité, glissent sur la pente du rêve, de l'opium spirituel qui règne et ne peut que perdre un Européen sans le servir.

Tous les marchands de bêtes ne sont pas si riches que le nôtre. Dans les moindres petites rues de Singapore on peut acheter un gorille, une lionne, un python de quatorze mètres, un cobra, un de ces tapirs sans défense, ni griffes ni venin, mais d'une telle laideur, d'une telle saleté, qu'aucune bête ne voudrait les prendre pour pâture. Le marchand chinois vous montre cette marchandise dans l'arrière-boutique. Il soulève la toile à sac d'une cage raccommodée avec de vieilles cordes, le couvercle d'une vieille boîte de biscuits secs.

1ᵉʳ MAI. — MON ATTITUDE VIS-À-VIS DES CONSULS. — MA MÉTHODE DE TRAVAIL ET DE VOYAGE. — DERNIÈRE VISITE AU NEW-WORLD.

Nuit lourde. Le traversin mobile que tout le monde en Orient serre la nuit entre les jambes et les bras comme un fantôme d'amour.

Nous avons failli ne pas pouvoir partir dimanche. Faute de connaître bien l'anglais, de lire les règlements et de prendre un contact direct, bref à force de vivre somnambules, nous ne nous sommes pas fait enregistrer depuis notre arrivée en Malaisie. L'erreur doit dater de Penang. Ce matin feuilles nous enjoignant de comparaître. Par chance Coupeau, des Messageries Maritimes, qui s'occupait de nos places, a été prévenu par la Compagnie Japonaise et les choses se sont arrangées avant la fermeture des bureaux. Samedi et dimanche, l'Angleterre « ferme ». Non seulement cela nous empêchait de partir, et ruinait notre entreprise, mais encore il nous fallait payer six mille francs d'amende.

Le Consul de France, rencontré par hasard, me reproche mon attitude. Il comprend mal la singularité de ce voyage, l'angle sous lequel j'observe et que je dois avancer à la surface du globe par saccades, comme les libellules qui rasent le lac et s'arrêtent un peu sur chaque fleur.

Si je me présente aux consulats, les Consuls m'invitent, ils sont obligés de m'inviter, moi obligé d'accepter ; au lieu de vivre un jour du pays que je traverse, je vais vivre un jour d'Europe ; que dis-je, un jour officiel, un jour comme je n'en vis jamais en France, un jour perdu !

Que nos ambassadeurs et nos consuls m'excusent. Surtout M. de Witasse, au Caire, vieil ami de mon oncle qui fut ministre d'Égypte et de Perse. Il comprendra la difficulté qu'il me fallait résoudre et me pardonnera.

Notre système de voyage est bon. En quatre jours nos coolies refusent toute rétribution de leur tâche et nous offrent en cachette des surprises-parties nocturnes avec lanternes, chapeaux enrubannés, etc. Notre succès, c'est de réussir en quelques heures à pénétrer dans l'âme des villes, chez le peuple, et à nous faire estimer de lui. Je me flatte d'avoir laissé dans toutes les villes indigènes des simples qui penseront toujours à nous.

Il arrive, lorsque nous passons quatre ou cinq jours dans une ville, que nous restions un jour dans nos chambres. Tel était notre rythme que nous eûmes du temps à perdre.

Si l'Intelligence Service nous espionnait dans une île où l'on confisque les kodaks et où l'on craint que le Japon ne perce un isthme entre les golfes de Bengale et de Siam, — ce qui supprimerait la base navale de

Singapore, — ils ont dû se demander ce que nous faisions dans les quartiers pauvres.

Nous faisions des amitiés.

C'est le complément logique de ma méthode de travail. L'admiration me laisse froid. Je veux des coups de foudre. La haine ou l'amour. Je ne cherche rien d'autre, et comme dit Antigone : « Le reste m'est égal. »

Le temps n'existe pas. Pour peu qu'on cesse d'obéir à sa notion officielle, il ne comporte plus la moindre réalité. Entre le 29 avril et le 4 mai à Singapore, ce fut si long, sans l'ombre de longueur, si interminable dirais-je, et riche en souvenirs, que nous partons comme s'il s'agissait de déraciner des habitudes profondes. Le dernier dimanche, nous avions traîné par la ville. C'était un jour d'orage. Le tonnerre, que j'aime depuis l'enfance, roulait d'un bout à l'autre d'un ciel gris fer dégradé jusqu'au jaune pâle. De ce jaune, je n'ai vu que l'intérieur de la gueule des crocodiles, de ce gris, que leur peau.

On devine ce que doivent être de vrais orages sur cette ancienne jungle, et les essences qu'ils exaltent.

Dernière visite au New-World. J'ai la chance d'assister à une pantomime, le prologue de la pièce malaise. La scène se déroule au premier étage d'une tour pointue de cinq étages. Chacun est entouré d'une girandole de lumières. La tour est peinte de légendes.

Le jeune général en robe pourpre, soutachée d'argent, porte un casque à longue crinière noire. Sa danse (il mime un combat) consiste à projeter d'un mouvement du cou accompagné de gongs, cette queue de cheval, de droite, de gauche, en avant, en arrière. Ses mains se tordent et voltigent. Il chevauche ; il tourne sur place. Il s'observe. Enfin, il lance lui-même, au bout d'un fil, la bombe qui le frappe. Avec un cri admirable, il se dresse sur les pointes et s'abat, mort. Une fois mort, il est considéré comme invisible. Il se relève sans mimer, s'éloigne en coulisse, avec sa démarche d'acteur. Les machinistes qui entrent le bousculent. Au fond, on voit, entassés, les accessoires de la pièce, comme un matériel d'illusionniste.

En arrivant la nuit, à bord du KASHIMA-MARU (le mot Maru est un de ces termes japonais sur lesquels on dispute et qui ont puissance de tabou, dont le sens mystérieux, honorifique se perd dans la légende) je m'étonne de rencontrer l'équipage en robes de chambre, oubliant que le kimono est le costume national dont nous fîmes une robe de chambre — (très Fenouillard) — : « Mossieu vous osez vous mettre en robe de chambre devant moi », dirait la femme d'Agénor, la mère d'Artémise et de Cunégonde.

Les jolies filles chinoises, japonaises, hindoues s'enlaidissent de lunettes, comme elles se barbouillaient de farine pour imiter la poudre blanche de 1900. Les stars de Hollywood inspirent cette mode hideuse.

5 MAI. — INFLUENCE DU BATEAU SUR L'ASPECT DE LA MER. — DANGER DE SINGAPORE. — JUSTICE ET JUSTESSE. — L'ARMURE DES ANGLAIS.

Le bateau tout en sourires, en saluts, en révérences. Très vieux cargo, très bon service, cave extraordinaire.
Le défilé japonais des nuages et de l'eau étonne sur cette mer de Chine. L'eau comme une armée en fuite. Les nuages lents suivent derrière : c'est le train des équipages. Chars pompeux, dragons cabrés, oriflammes. Le mouvement se complique du cercle de cuivre. Les reflets y tournent en sens inverse, plus vite que les nuages, moins vite que l'eau, comme l'assiette au bout de la perche des équilibristes.
Passepartout accablé de sueurs, de sommeils, de songes, de fatigues. Il paye ses petites fêtes à Singapore. La pipe de Fix !
Nous avons maigri de moitié. Nos costumes flottent. Nous nous traînons à la salle de bains, au lunch, au dîner, à la piscine, à travers des corridors de mauvais rêve. Le consul me disait : « on y laisse sa peau. »
Ces jungles travesties se vengent. Elles exigent une chair de bronze, des intelligences d'insectes, des cœurs de tigre, des esprits qui ne pensent pas. Une seule

fissure et les fluides noirs vous occupent. Les femmes sanglotent dans leurs chambres d'hôtel, les maris haïssent leurs chefs. Les chefs tourmentent leurs subalternes, etc. On crève d'amertume et d'écœurement.

Cette course autour du monde nous a fortifiés plus que jamais dans notre certitude qu'il n'existe d'injustices qu'apparentes et passagères. Chacun occupe la place qu'il mérite, en vertu d'un système de poids et mesures qui fonctionne plus profondément que nos démarches, nous brise, nous pousse et nous case avec une exactitude aveugle. Peu à peu, nous nous sommes accoutumés à voir des récompenses et des punitions dans ce système qui ne relève d'aucune morale. On ne dit pas d'une balance qu'elle a de la justice; on dit qu'elle a de la justesse. Constatons la justesse qui dirige les vies humaines et que l'homme s'obstine à prendre pour de la justice. Lorsque cette justice dérange ses calculs, ou le désoriente, c'est-à-dire le manœuvre contre son gré, il la taxe d'injustice. Le fléau d'une balance est un calembour comme il s'en rencontre fréquemment dans les belles langues. Fléau qui s'acharne sur certaines maladresses, surtout lorsque l'homme s'obstine à vouloir organiser ce qui s'organise tout seul. Nager à contre-courant ne sert que dans certaines circonstances très courtes qu'il faut reconnaître. Sinon, faire la planche, se maintenir à la surface, doit être la politique d'un homme qui veut profiter du mystère des courants. On s'élève selon ses ailes. On s'enfonce selon son poids. On ne dépasse pas sa vitesse. Combien de chevaux emballés a-t-on pris pour des chevaux gagnants. Le temps remet tout à sa place et porte au but la célérité lente des véritables vainqueurs. Voilà le secret oriental. C'est la force de la

Chine et du Japon. La réussite de l'Angleterre colonisatrice. Aux colonies un arriviste se casse les reins. Un rêveur s'enlise. Un homme qui sait prendre sa respiration et garder son souffle réussira toujours.

Les Chinois peuvent rire et flâner devant des jeunes filles qu'on édente, devant des condamnés qu'on brûle à petit feu. Aucun ne s'écarte du spectacle, ne se révolte, ne songe à porter secours. Ils ne plaignent aucune malchance — ils s'en amusent. Leur sensibilité ne fonctionne pas en désordre. Ils n'ont aucune sensiblerie.

(Un Malais, un Chinois annoncent à leur chef : « Mon fils a été tué hier. » Ils l'annoncent en riant, par politesse pour atténuer la nouvelle.)

Plus je pense au phénomène qui nous a fait croire que notre passage à Singapore était une longue halte, plus je constate la fatigue insolite qui nous statufie, nous oblige à hésiter avant d'entreprendre le moindre mouvement, plus je rencontre dans les glaces nos figures maigres et jaunes, plus je constate les fluides, miasmes, charmes, enchantements, sorcelleries que dégage l'ancienne jungle fantôme. On ne domestique pas impunément des lieux qui s'expriment par le cobra et par le tigre. Les pelouses, le tennis, les banques, n'empêchent pas Singapore de haleter comme un ventre de fauve à peu de distance de l'Équateur. C'est l'extrême limite de l'Asie. La forme humaine semble y fondre en ruisseaux de sueur, la peau se teindre au contact du curry et du safran des ciels d'orage. J'ai vu à Singapore, entre six et sept heures, après la pluie, une lumière dramatique et sereine pareille à la lumière de certains rêves maladifs.

Oui, la jungle continue à pousser invisible, à tendre

le spectre de ses pièges, à nourrir les spectres de ses animaux. Ses parfums rampent, ses poisons circulent ; le moindre fakir des rues en cache dans les paniers que transporte le vieux domestique à barbe blanche. Cette île, cette ville élégantes, possèdent encore des propriétés secrètes qui déforment le temps et l'inventent, comme le peyotl déforme la perspective et invente des couleurs. Elles laissent en vous des germes de mort qui se développent ensuite et les vengent. Une sensibilité à vif ne traverse pas impunément cette vieille jungle détruite que hantent les apparences neuves sous lesquelles on la force à vivre. Seuls les Anglais possèdent contre ces sortilèges une armure d'indifférence : l'armure du flegmatique gentleman.

6 MAI

La force du Japonais est d'être fidèle à une mise en page de quelques thèmes décoratifs, toujours pareils. Fidélité si grande que le reflet du hublot sur la cloison de la salle de bains semble une marque de fabrique. Une cime couverte de neige, des barques, des ponts, une branche de fleurs au premier plan d'un ciel de lune : le Japon ne peut sortir de ce cercle parfait qui servit à Hokusaï de signature.

La France meurt de pourboires et de ristournes. Le Japonais fautif s'immole sur l'autel des ancêtres. L'autel des ancêtres, en France, c'est le bas de laine, l'or caché, la *planque* et la devise « Sauve qui peut ! »

Cette nuit, nous devons avancer les montres de trente minutes ; le bateau file sur une mer presque plate. Il est impossible de ne pas comprendre que nous parcourons une boule entourée de vide. La lune repose sur un pilier d'ombre. A droite et à gauche de ce pilier, une sorte de pâleur intense du ciel découpe la mer et une large bande scintille de l'horizon jusqu'à nous, que traversent des spectres de yoles, de pêcheurs, de rameurs comme entraînés par des rapides. Le cœur obscur du bateau bat puissamment et rythmiquement, ébranle nos viscères et ajoute à ma fatigue ce mal qui n'est pas le mal de mer, mais le mal des machines.

9 MAI

A midi, on venait de promener dans les couloirs le xylophone qui annonce le lunch. Passe à notre droite, venant de Chine, une momie de voilier, une gigantesque feuille morte debout sur la mer.

HONG-KONG. LA NUIT, HUIT HEURES DU SOIR.
— LE DRAGON. — LA VILLE DES ÉTENDARDS. —
MERVEILLES DE L'ENTRACTE.

Les marins ont mis une peau de serpent à sécher sur le bastingage. Large de quatre-vingts centimètres et longue de six mètres, elle constitue le premier plan idéal pour voir approcher la Chine. Ses beiges, ses jaunes, ses noirs, les taches et les entrelacs géométriques qui l'ornent, préfigurent toutes les nattes des fumeries et cette crasse d'or qui patine le moindre objet dont les Chinois se servent.

Il fait presque froid. La mer n'a plus rien de Japonais. Autour du bateau, elle déroule les volutes grises d'une peau ridée, et, comme sous la pâleur de méduses énormes, circulent des nuages d'encre noire qui, fendus par la quille, deviennent un ourlet d'encre violette. Cette encre sera phosphorescente la nuit.

La Chine s'annonçait, depuis quelques heures, à la manière que j'ai dite, par une très lente rafale de ces feuilles mortes et de ces phalènes collés à des écorces que sont les jonques.

Des îles sombres avec une seule grande cassure blanche au bord et des phares. Tout à coup, nous nous aperçûmes qu'il faisait nuit car Hong-Kong apparut où nous ne l'attendions pas, visible par la seule place de ses feux, si singulièrement disposés du bas en haut de la montagne que chacun prend l'importance inquiétante d'un signal. Cette montagne céleste, scintillante de grosses constellations, ne peut appartenir à aucune autre côte du monde, et la nuit chinoise, faite d'ombres, de pénombres, de brumes et de halos, ne ressemble à aucune autre nuit.

Il est 8 heures lorsque le bateau stoppe en rade, une rade géante qui prolonge Hong-Kong sur la droite et ne porte plus de lumières.

Un vapeur, pareil à ceux qui desservent la Seyne, Saint-Mandrier, les Sablettes, Tamaris (même âge et même style), nous dépose à un quai qui ressemble aux débarcadères de Toulon, Toulon, dans une de ces extases où Jules Verne imagine que l'opium entraîne ses adeptes.

La magnificence sordide et la pompe théâtrale de Hong-Kong l'emportent sur le spectacle des villes chinoises de la péninsule. Auprès d'elles Rangoon, Penang laissent le souvenir de grands villages, de marchés aux puces.

Hong-Kong, c'est le dragon. Il ondule et se cabre et plonge et s'enroule de tous ses boulevards hérissés de rues adjacentes, de bazars qui sont des ruelles, d'impasses borgnes et d'escaliers à pic. Et toutes ces rues, tous ces boulevards, ces ruelles, ces impasses, ces marches, ont l'air d'attendre une procession religieuse, d'être pavoisés pour quelque fête effrayante, de conduire à l'échafaud d'un roi. Car, d'un bord à l'autre des immeubles où les cages des balcons s'accrochent en désordre, aux balustrades de ces baies sans vitres où palpitent les ombres vivantes des ventilateurs, d'où jaillissent des arbres et des plantes grimpantes, sont suspendus des drapeaux, des étendards, des bannières, des oriflammes, des banderoles, les épouvantails des chemises aux bras raides enfilées sur des lances, des manèges de cochons de lait et de canards changés en or, des lanternes portant chacune la lettre lumineuse d'une réclame, des pancartes, des cartouches, des enseignes, des planches, des pilastres, éclaboussés de signes inconnus et de chiffres mystérieux.

On traverse des forteresses de fruits, les petites jungles du marché aux fleurs où les lys se vendent sans tiges, dressés debout, côte à côte, en couronnes héraldiques, où des bottes de gardénias valent un sou, les étalages des marchands de lampes d'opium, de pipes et d'aiguilles, les bazars où le moindre chapeau de paille embellirait une jeune femme de chez nous.

Et pas une automobile ou presque : des autobus silencieux, des chaises à porteurs dont les coolies hurlent pour disperser les groupes. Et de toutes les fenêtres empilées comme des boîtes, des caisses, des tiroirs ouverts, sortent les ânonnements, les miaulements et les coups de cymbales des phonographes.

Et le dragon ondule de toutes ses écailles peintes, de toutes ses stalactites d'étoffes qui pendent et ses stalagmites de perches qui le hérissent, et il nous évoque le spectacle d'un plateau de théâtre pendant que les machinistes changent le décor d'une féerie. Plateau où les fils s'entrecroisent, où les trappes s'ouvrent, où des échafaudages s'enfoncent et se dressent, où des chariots grincent, où des pendrillons se chevauchent, en traversant la scène, où des herses s'envolent, où des filets s'accrochent à des toiles de fond qui se roulent et s'abîment dans les cintres : tout un navire du hasard, de l'espace, du temps qui se construisent en hâte, tout un désordre d'horizons de travers, de ciels qui basculent, d'agrès, de mâts, de vergues, de passerelles, de dunettes et de bastingages en folie, tandis que, cruellement maquillés et cadavériques, au milieu d'un cyclone de perspectives, de cris, de sifflets, de poussière, les acteurs et les actrices, en costumes de soie, se promènent. Décor mobile, aux surprises duquel aucun metteur en scène, fût-il génial, ne peut prétendre.

Ce spectacle dont nous nous attristâmes si souvent, Christian Bérard et moi, de ne pouvoir faire jouir le public, ce spectacle de l'entracte, singulier et grandiose, c'est à quoi il est impossible de ne pas penser à Hong-Kong dès qu'on plonge dans la coulisse de ses rues dont les boutiques et le cadre des chambres grandes ouvertes à chaque étage semblent les loges où des artistes prodigieux se déguisent et se fardent avant de descendre jouer leur rôle sous l'éclairage vert et rouge des lampadaires : porteurs aux mollets de bronze et aux loques soyeuses, garçons plats, les coudes en arrière, le ventre en avant, sous la toile noire et vernie, vieillards à barbiche, à robe grise et à petits pieds de velours, mères qui portent les enfants sur le dos dans un harnais de bandes, et ces filles élégantes, d'une beauté d'astre, d'une démarche lointaine, en fourreaux à col raide, portant la natte longue ou les boucles courtes, des perles aux oreilles, gantées jusqu'au coude de guipure blanche, un éventail de plumes de coq à la main.

LES BONBONS ROSES

Cette nuit, c'est un inconnu, un Chinois, qui nous pilotait d'horlogerie en horlogerie pour réparer la montre de Passepartout (les Chinois adorent se charger de vos paquets et vous piloter), qui propose de nous conduire dans une fumerie de Hong-Kong.

Nous arrivons entre deux murailles de lys et de gardénias, Flower Street, où des fleuristes fabriquent, assis par terre, couronnes et croix d'œillets, de glaïeuls, de dahlias, de gardénias, de lys. Toutes les fleurs blanches. La rue monte, pavoisée de linge sale sur cinq étages, encombrée de mères qui s'éventent les fesses et d'enfants qui jouent.

Nous tournons à gauche, dans une remise en planches disjointes. Là, formant un box d'écurie, la fumerie, très haute, présente ses étagères de fumeurs, la figure doucement éclairée par les veilleuses. Toujours la patine brune, la crasse d'or, les signes et les entrelacs de la peau de serpent du navire. Toujours le silence coupé d'enfants qui pleurent et l'opium grillé par saccades. Les bat-flanc sont des tables d'architectes sur des X. Les fumeurs grimpent dessus, se glissent dessous, séparés par une planche.

Une grosse femme, qui se mouche dans ses doigts, pèse ses mesures d'opium sur une minuscule balance. Son bras reposant sur le coude en serait le support. Le mari flotte de l'un à l'autre, mouche une mèche, change un fourneau, verse la drogue.

Le peuple chinois est victime d'une mode nouvelle que je mets sur le compte de quelque ennemi. Cette mode date de quatre ans. C'est le bonbon rose, la perle de sucre couleur de bougie rose, percée d'un trou. Il remplace l'opium de Macao, Monte-Carlo bâtie sur le roc, à trois heures de Hong-Kong, où les Chinois riches et pauvres peuvent assouvir leur passion du jeu. Cet opium artificiel coûte moins cher que l'opium. Il se colle sur le trou d'un fourneau quatre fois plus gros qu'un fourneau ordinaire, sorte de vase à fleurs détourné de son emploi, troué sur une face. Le goulot revêtu d'un pas de vis de cuivre se fixe à l'extrémité d'une sarbacane. La lampe à opium brûle dans une cuve de verre qui étouffe le tirage. C'est douceâtre, sournois, funeste, car, on le devine, les pires drogues se cachent sous cette pâte d'aspect inoffensif.

La fumée empeste le caramel au lait que nous fabriquions dans notre enfance les jours de pluie à la campagne. C'est cette campagne, ma chambre, mes cousins qui m'obligeaient à goûter leurs tentatives, que je revois, les yeux fermés, la nuque sur le cube de porcelaine.

Hélas, les parfums de ce vice nouveau m'écœurent, m'empêchent de reposer, et nous nous sommes promis de ne pas toucher à la pipe.

Il faut rejoindre le bord. Demain matin à neuf heures, nous donnons rendez-vous, au débarcadère, à notre guide bénévole, ombre heureuse qui nous précède et se glisse comme la fumée à travers le camp de pirates des porteurs nus qui dorment emmêlés, pareils à ces familles de serpents dont les têtes mises n'importe où permettent seules de reconnaître le nombre.

HONG-KONG, LE JOUR

On pourrait croire que la mise en scène grouillante et pavoisée de Hong-Kong reste une œuvre de la nuit, que notre imagination s'excite à parcourir ce théâtre d'ombres, et que le lendemain matin, ces préparatifs d'une fête de mort et de supplices seront un souvenir du rêve.

Un soleil intense tape ses coups de gong sur la montagne. Hong-Kong est pareille à la Hong-Kong nocturne. Plus mystérieuse peut-être sous ce soleil qui exalte les réclames multicolores, le bronze rouge dans lequel est sculpté le peuple et le cadre des tableaux qu'il habite. Rayons à pic et guillotines de fraîcheur des rues étroites où les bannières éclaboussées de sang suspendent leurs couperets. Une forêt d'étendards, entre lesquels le soleil se divise en jets qui criblent des étalages, y déposant des lingots d'or. Et les fruits et les fleurs en pyramides, et les coureurs attelés à des chaises où de jeunes idoles se tiennent le buste droit, et les socques du diable boiteux qui n'a pas grand-chose à faire pour soulever les toitures et regarder ce qui se passe dans les maisons.

Nous achetons du shantung et différents articles de toilette, que notre guide dépose avec nos caméras dans la remise de Flower Street. Ensuite, déjeuner au troisième étage d'un restaurant traversé de cuisiniers qui portent leur cuisine et leurs provisions au bout de perches sur l'épaule. Près de nous, sur le comptoir, des centaines de serpents et de margouillats décapités, étoilés de petites mains tragiques, mijotent dans un bocal d'eau saumâtre, excellente contre l'impuissance et les rhumatismes.

Notre palier découpe sa grande baie rectangulaire sur un immeuble qui m'évoque ce sordide hôtel de Villefranche, en face du cinéma, hôtel qui m'émouvait et m'intriguait par ses caisses de verdure et ses éclairages louches. Toulon et Marseille frappent souvent des accords d'Asie à force d'être le refuge des navigateurs. Sans le savoir, ils transportent avec eux maladies et climats. Miasmes, fièvres, rues, les revêtent d'une carapace d'hommes-sandwichs et partout ils laissent des détritus nostalgiques.

Que de poubelles dans nos ports, que de recoins où les planches d'une palissade, une odeur, un éclairage suspect, un Chinois qui s'enfonce dans un mur m'avaient chuchoté la phrase évocatrice, le motif de la symphonie.

A Hong-Kong elle éclate de tous ses cuivres, de toutes ses cordes, de tous ses bois ; elle saute la fosse d'orchestre, inonde torrentiellement les artères de la ville en pente. Sur les places, elle forme des marais croupissants et ses cascades rebondissent de plus belle jusqu'au port. Là, les banques, les agences maritimes, les buildings de Cook, de la N.Y.K. Line, de l'Eastern Telegraph, lui opposent les digues hautaines de leurs façades.

Sur la baie des jonques tourbillonnent au même rythme ralenti que les rafales qui croisaient notre navire. De petits vapeurs à deux têtes, comme les serpents, que Biou, mon boy annamite, affirmait manger d'un côté du charbon de bois, de l'autre des grenouilles, assurent le va-et-vient entre les paquebots à l'ancre et le quai où flâne la vermine somptueuse des rickshaws.

Oublierai-je que sur une de ces places-là, place du Hong-Kong Club, où l'orchestre étale un marécage, se dressent sur des pelouses, des pavois et des estrades de pierre, loin les uns des autres, et comme pour une figure de danse, un roi d'Angleterre de bronze, jambe en avant, poing sur la hanche, une reine de bronze en jupe à volants de bronze, coiffée de bronze, un éventail de dentelle de bronze aux doigts.

Face à la mer, sous les colonnes d'un temple d'amour, est assise sur un trône la vieille reine Victoria, son diadème sur la tête et son sceptre à la main. Ces statues, plus grandes que nature, prises dans l'orchestre étrange, ont un air chinois qui effraye. Passepartout me cite la phrase d'un Sénégalais lui demandant en petit nègre, à Bordeaux, bouche ouverte devant le monument de la place des Quinconces, si « cela avait été fait par les hommes ». Ce prince et ces princesses de bronze, constellés de crachats, brandissant les attributs du règne et retroussant fièrement le sabre de la victoire, soulignent la profonde défaite européenne et le songe qui consiste à s'annexer les dieux.

Quelle réussite en surface! En profondeur, quel fiasco. Prendre ces hommes exige un siècle; les perdre, quinze jours. Il suffira que des voisins jaunes armés, éduqués, renseignés par l'Europe, cueillent le fruit mûr sur la branche et laissent vivre ces trois statues comme une preuve des vicissitudes de l'orgueil national.

CHARLIE CHAPLIN, 11 MAI. — RENCONTRE DU DESTIN. — LANGUE NOUVELLE. — L'ARTISTE DANS LA RUE. — UN ART SE BARRICADE. — CHANCE DE PASSEPARTOUT. — LA FIN DE CHARLOT. — LE TRAVAIL.

Deux poètes suivent la ligne droite de leur destinée. Tout à coup il arrive que ces deux lignes se coupent et la rencontre forme une croix, si vous préférez, une étoile. Ma rencontre avec Charlie Chaplin reste le miracle charmant de ce voyage. Tant de personnes ont projeté cette rencontre et d'en être les organisatrices. Chaque fois il se produisait un obstacle, et le hasard — qui porte un autre nom dans la langue des poètes — nous jette ensemble sur un vieux cargo japonais qui transporte des marchandises sur les mers de Chine, entre Hong-Kong et Shanghai.

Charlie Chaplin est à bord. La nouvelle me bouleverse. Dans la suite Chaplin devait me dire : « Le vrai rôle d'une œuvre est de permettre à des amis comme nous de brûler les étapes. Nous nous connaissons depuis toujours. » Mais à ce moment j'ignorais que le désir de cette rencontre fût réciproque. En outre, ce voyage m'avait appris combien la gloire est capricieuse. Certes, j'avais eu la joie de me trouver traduit dans toutes les langues, mais sur certains points où j'attendais de l'amitié je n'avais rencontré que du vide ; sur d'autres, par contre, j'attendais du vide et j'avais été comblé d'amitié.

Je décidai d'écrire une courte lettre à Chaplin. Je signalais ma présence à bord et mon amour de sa personne. Au dîner, il vint à table avec Paulette Goddard. Son attitude me laissa entendre qu'il désirait garder l'incognito.

En vérité, ma lettre n'avait pas été remise. Il ne me croyait pas sur le KAROA et n'établissait aucun rapport entre ma personne et un voisin de table qu'il apercevait de trois quarts. Après dîner, je rentrai dans ma cabine. Je me déshabillais, lorsqu'on frappe à ma porte. J'ouvre. C'était Charlie et Paulette. On venait de porter ma lettre. Chaplin craignait une farce, un piège. Il courut demander la liste au commissaire et, sûr de son fait, il décida de descendre, quatre à quatre, répondre de vive voix.

Rien de plus simple, de plus jeune. J'étais ému. Je les priai d'aller m'attendre dans leur cabine, le temps de passer une robe de chambre et de prévenir Passepartout qui écrivait au salon de lecture.

On imagine la pureté, la violence, la fraîcheur de ce rendez-vous extraordinaire et ne relevant que de nos horoscopes. Je touchais un mythe en chair et en os. Passepartout dévorait des yeux l'idole de son enfance. Chaplin, lui, secouait ses boucles blanches, ôtait ses lunettes, les remettait, m'empoignait par les épaules, éclatait de rire, se tournait vers sa compagne, répétait : « *Is it not marvellous ? Is it not marvellous ?* »

Je ne parle pas l'anglais. Chaplin ne parle pas le français. Et nous parlons sans le moindre effort. Que se passe-t-il ? Quelle est cette langue ? C'est la langue vivante, la plus vivante de toutes, qui naît de la volonté de correspondre coûte que coûte, la langue des mimes, la langue des poètes, la langue du cœur. Chaque mot de Chaplin, il le détache, le pose sur la table, sur un socle, se recule, le tourne sous l'angle où il s'éclaire le mieux. Les mots qu'il emploie à mon usage sont faciles à transporter d'une langue dans l'autre. Quelquefois le geste précède la parole et l'escorte. Avant de dire le mot, il l'annonce et le commente après l'avoir dit. Aucune lenteur ou la fausse lenteur des balles quand un jongleur jongle. Il ne les embrouille jamais ; on peut les suivre en l'air.

Le naïf Las Cases, à propos du mauvais anglais de l'Empereur, note dans le MÉMORIAL : *De ce concours de circonstances il naquit véritablement une nouvelle langue.*

C'était bien une nouvelle langue que nous parlions, que nous perfectionnâmes et à laquelle nous nous tînmes à la grande surprise de tous.

Cette langue n'était comprise que de nous quatre et lorsqu'on reprochait à Paulette qui parle bien le français, de ne pas nous venir en aide, elle répliquait : « Si je les aide ils se perdront dans les détails. Livrés à eux-mêmes ils ne se disent que l'essentiel. » Ce mot peint toute son intelligence.

Une réserve qui s'impose me prive de vous faire part des projets détaillés de Chaplin. C'est parce qu'il m'ouvrit son cœur qu'il m'est impossible de livrer sa richesse au public. Ce que je peux dire c'est qu'il rêve de mettre en scène la crucifixion, au milieu d'un dancing où nul ne la voit. Son Napoléon devait être une fantaisie pendant l'île d'Elbe (Napoléon, déguisé, à la police). Désormais Chaplin renonce à Charlot. « Je suis le plus exposé des hommes, dira-t-il ! je travaille dans la rue. Mon esthétique est celle du coup de pied au derrière... et je commence à le recevoir. » Parole remarquable et qui éclaire un pan de son âme. Pour employer le jargon moderne, son complexe d'infériorité est immense. Il n'a d'égal que son juste orgueil et un système de réflexes propres à défendre sa solitude (dont il souffre) et à ne laisser personne empiéter sur ses prérogatives.

Même l'amitié lui est suspecte, les devoirs et les désordres qu'elle impose. Son élan vers moi fut, paraît-il, unique et il advint qu'il en éprouvât une sorte de crainte. Je le sentais alors se reprendre et pour ainsi dire se replier après s'être épanoui.

Son prochain film, où il ne paraît pas, il l'invente pour Paulette. Il en tournera les trois épisodes à Bali. Il compose le texte et n'arrête pas d'écrire. Il me récite les dialogues. Ce film semble être une halte avant un cycle neuf. Au reste, peut-il sortir du thème : *Pauvre Paillasse* dévulgarisé par son génie ? Son prochain rôle sera un clown déchiré entre les contrastes de la vie et des planches. Avec quel soin il se borne à cette romance facile qu'il déniaise en détail et qui lui vaut d'être suivi sur la corde raide par les publics les moins désinvoltes et les plus lourds.

J'aurais dû deviner que MODERN TIMES était une œuvre terme à ce signe : pour la première fois, à la fin, sur la route, Charlie *ne part pas seul*.

Au reste, peu à peu, le type s'atténuait — allait rejoindre l'homme. Les moustaches rapetissaient, les souliers s'écourtaient, etc.

S'il interprète des *rôles*, souhaitons qu'il nous donne un jour l'IDIOT de DOSTOÏEVSKI. Le prince Muichkine n'est-il pas un héros de son espèce ?

Je lui parle de la RUÉE VERS L'OR comme d'un

cadeau dans une vie d'artiste. Un de ces ouvrages qui respirent la chance d'un bout à l'autre et qui marchent sur la neige entre terre et ciel. Je vois bien que je tombe juste et qu'il réserve à la Ruée vers l'Or une place à part dans son œuvre. « La danse des petits pains ! Voilà de quoi ils me félicitent tous. C'est un boulot de la machine. Un détail. S'ils ont vu cela d'abord, c'est qu'ils n'ont pas vu le reste. »

Je me rappelle cette grâce, cette farce pour éblouir les convives, cette faculté de voler en songe et de croire qu'on peut l'apprendre aux autres et qu'on saura encore voler au réveil.

Il a raison, ceux qui ne virent que ce numéro et qui le citaient ne peuvent rien comprendre à cette épopée d'amour, à cette *chanson de gestes*. Film entre la vie et la mort, entre la veille et le sommeil ; c'est la lumière de bougie des Noëls tristes. Là Chaplin descend au plus profond de lui-même la cloche des frères Williamson. Il tourne sa flore et sa faune des grandes profondeurs. Il rejoint, avec l'épisode de la cabane, les légendes populaires du Nord, avec l'épisode du poulet, la comédie et la tragédie grecques.

« *On n'a pas chaque fois cette chance qu'une œuvre pousse comme un arbre. La* Ruée vers l'Or, Vie de chien, Le Kid *sont exceptionnels. J'ai travaillé trop longtemps à* Modern Times. *Lorsque j'amenais une scène à la perfection, elle se détachait de l'arbre. J'ai secoué les branches et sacrifié les meilleurs épisodes. Ils se suffisent. Je pourrais les projeter séparément, un à un, comme mes premières bandes.* »

Il nous mima les scènes coupées. Dans l'étroite cabine il plantait son décor, manœuvrait ses comparses, se transformait en lui-même. Jamais nous n'oublierons une scène où il ameute une ville et arrête le trafic, pour un bout de bois qu'il essaye de pousser à travers une grille d'égout, avec sa badine.

Paulette disparaît cinq minutes, Charlie se penche et, d'un air mystérieux, chuchote : « Et puis, j'ai une telle pitié. » Quoi ? Pitié de ce petit cactus aux mille pointes, de cette petite lionne à crinière et à griffes superbes, de cette Rolls grand sport luisante de cuirs et de métal. C'est tout Chaplin et le style de son cœur.

Pitié pour lui, le vagabond, pitié pour nous, pitié pour elle. La pauvre petite qu'il traîne à sa suite pour la faire manger parce qu'elle a faim, pour la faire coucher parce qu'elle a sommeil, pour l'arracher aux pièges des villes parce qu'elle est pure, et tout à coup je ne vois plus une star de Hollywood dans son uniforme de groom en satin d'argent, ni le riche cinéaste à boucles blanches, à costume de tweed moutarde, je vois le petit homme pâle, frisé, à badine désinvolte, qui entraîne, en trébuchant sur une jambe, à travers le monde, une victime de l'ogre des capitales et des pièges de la police [1].

Chaplin est un enfant sage qui travaille en tirant la langue.

C'est un enfant qui descendait à ma cabine, c'est un enfant qui nous invite en Californie, et ce sont deux enfants qui, après MODERN TIMES, ont décidé, en cinq minutes, de partir pour Honolulu, de voyager la main dans la main, de courir le monde.

J'éprouve une difficulté très grande à joindre les deux bouts : cet homme coloré qui me parle, qui est

1. Sa chance vient de ce que sa pitié se trouve être *sa route* alors que, d'habitude, elle nous écarte de la nôtre, et que l'exercice de cette pitié l'augmente, le porte au but, au lieu de le perdre et de l'affaiblir.

un, et le petit fantôme pâle qui est son ange innombrable et qu'il a le privilège de diviser et d'envoyer partout comme le mercure. J'arrive peu à peu à superposer les deux Chaplin. Une grimace, une ride, un geste, un clin d'œil et les silhouettes se confondent, celle du simple de l'Évangile, du petit saint en chapeau melon qui entre au Paradis en tirant ses manchettes et en redressant fièrement sa taille, et celle de l'impresario qui tire ses propres ficelles.

Un soir, il me demanda de lui confier Passepartout. Il voulait en faire la vedette du film balinais. Il cherchait son personnage et l'avait trouvé. Passepartout serait pour Paulette Goddard le partenaire idéal, etc., etc. On imagine l'émotion de Passepartout. Il croyait rêver. Hélas, ce projet ne put avoir de suites par notre faute, car la seule condition était que Passepartout devrait apprendre l'anglais *en Angleterre* avant trois mois, tour de force qu'il était décidé à réussir mais que les circonstances et mon travail rendirent irréalisable.

Il n'en reste pas moins que Passepartout a rencontré « sa chance sur les mers » comme le lui prédisait une devineresse et qu'il prouve que les jeunes gens doivent voyager et naviguer au-devant du sort.

Le miracle, dira Passepartout, sans l'ombre d'amertume, c'était que Chaplin m'offre le rôle. Le luxe est de ne pouvoir l'accepter. Cela changeait ma vie en féerie.

Ce projet consolida nos liens et nous rapprocha encore. Nous fîmes route et table communes. Sur le COOLIDGE on nous réserva un groupe de cabines. Nous prîmes tellement l'habitude de vivre ensemble que notre séparation à San Francisco nous fit du mal.

Notre rencontre n'était pas seulement la rencontre

de deux artistes curieux l'un de l'autre. Ce furent des amis fraternels qui se retrouvaient et qui se comprirent.

Chaplin, soit qu'il s'enferme dans sa cabine ou marche de long en large dans son studio, s'il tourne, est courbé sur sa tâche. Il pousse la crainte de s'en distraire jusqu'à repousser la vie et se confiner dans quelques problèmes simples dont il épuise les combinaisons. Un sourire de vieillard, une mère chinoise qui allaite son nouveau-né, un détail de quartier pauvre le fécondent. Il n'en cherche pas davantage et se cloître avec son cher travail.

« *Je n'aime pas le travail* », dit Paulette.

Chaplin l'aime ; et comme il aime Paulette il en fait du travail. Le reste l'assomme. Dès qu'on le distrait de son œuvre, il se fatigue, il bâille, il se voûte, ses yeux s'éteignent. Il s'enfonce dans une petite mort.

Chaplin doit être prononcé à la française. C'est la famille du peintre.

Deux origines l'enorgueillissent. Cette descendance française et une grand-mère gypsie.

Au physique, au moral, le petit homme des films sort du quartier juif. Son chapeau melon, sa redingote, ses chaussures, ses frisures, sa pitié, son âme humble et fière, c'est la fleur du Ghetto. N'est-ce pas significatif et admirable que le tableau favori de Chaplin soit « le vieux soulier » de Van Gogh ?

12 MAI

Charlie travaille.

Enfermé dans sa cabine depuis deux jours, pas rasé, dans un costume qui l'étrique, les cheveux hirsutes, ses très petites mains tourmentent ses lunettes et classent des feuilles couvertes d'écriture.

« Je peux mourir demain en me baignant », me dira-t-il à Shanghaï. « Moi je ne compte pas. Je n'existe pas. Il n'y a que le papier qui existe et qui compte. »

Rendez-vous à l'hôtel Cathay à 5 heures. Dîner qui groupe des hommes d'affaires de Hollywood.

A table, Charlie bâille. Dans ce dancing qui est chinois et qui ne veut à aucun prix en avoir l'air, seul un plancher admirable dénonce la Chine. Sur ce plancher, nous allons voir un numéro qui résume cette ville sale, où Shanghaï Lily-Marlène ne trouverait aucune place pour se mouvoir et ne pourrait être que l'*Européenne,* assise au Vénus, sous une treille bleuâtre, entre les taxi-girls (filles de toutes les races avec lesquelles on danse en échange d'un ticket — cinq tickets pour un dollar).

« La fleur blanche du quartier chinois », ainsi

s'exprimait Marlène Dietrich dans les barbes de son boa en plumes de coq. On imagine mal cette fleur, dans ce vase fêlé où les fleurs ne peuvent être que de l'avant-veille, sur une nappe de dancing.

Observons la pitoyable danse que Charlie regarde la bouche ouverte, avec un triple menton aplati sur sa cravate et le front barré de rides circonflexes. Une pauvre femme rousse, à chevelure de clownesse, coiffée d'un bonnet de ramoneur, une jambe nue, l'autre dans un pantalon de Pierrot, un damier entre les cuisses, gantée de paillettes rouges, s'élance sur les premières notes du cake-walk de Debussy.

Représentez-vous cette balustrade de pénombre entourée de Chinois en robes, qui donnent le spectacle de séminaristes dansant le tango, de Chinoises et de métisses voulant se faire prendre pour des dames patronesses, et, sous un projecteur, accompagnée par un orchestre à pupitres d'or massif et à lanternes vertes, cette dame qui s'est dit : Je vais inventer un numéro moderne, une danse acrobatique où l'époque, la tristesse de Pierrot, les farces de clowns, les grimaces de diable, l'agilité du mousse et les agaceries des vamps, composeront une salade russe. Et de bondir, de retomber les pointes en dedans, de tirer la langue, le cou dans les épaules, de cligner de l'œil, de griffer le vide, de menacer du doigt, de faire la moue, de pirouetter, de sautiller à cloche-pied, de rouler des hanches, d'inspecter l'horizon une main sur les yeux, et de tirer des cordages imaginaires ; bref tous les poncifs de la sottise.

Cette pauvre dame résume une Shanghaï qui se montre en façade lorsqu'on essaye d'interrompre la course hagarde des coolies borgnes qui vivent quatre ans et galopent droit devant eux, sans savoir où.

Au restaurant-dancing les hôtes se lèvent et tournent sur la piste. Chaplin reste à table. Il rumine. Il souffre visiblement des personnes qui l'observent et cherchent à retrouver son personnage.

Je l'ai laissé seul. Des compatriotes me voulaient à leur table. Il boude. D'une table à l'autre il me raconte un combat de coqs en Espagne : le directeur du combat, un colosse à mains de *marquise,* petites mains blanches, grasses, qu'il frotte à plat, tout doucement, tout voluptueusement dans le sang. Seules les fines mains remuent et les narines palpitent un peu.

Tout à coup Paulette se lève. Elle voudrait « voir Shanghaï ». Mais il n'y a rien à voir. Cela s'impose. Mes Français veulent me laisser entendre qu'il existe une Shanghaï secrète. Ils se battent les flancs. Chaplin rentre dormir à l'hôtel. Il rentre coucher un stylographe, une caméra, une machine précieuse, d'où peuvent ruisseler l'encre et les images et qu'il importe de mettre la nuit dans l'ouate.

Claude Rivière, une femme qui, depuis 1922, roule d'île en île sur les mers du Sud, nous entraîne, escortés du directeur de l'Agence Havas et du correspondant de *Paris-Soir.* Nuit de conciliabules, de traînasseries, de fatigues, de portes devant lesquelles on hésite, de marins américains ivres et de ballons dégonflés vendus par des Russes à barbe hirsute, à col relevé, qui crèvent de misère.

Le quartier des dancings ressemble à celui d'un petit port d'Europe. Sauf le Vénus, ses taxi-girls assises en cercle autour d'une piste bleuâtre, son orchestre où les marins américains chantent dans un porte-voix et une grotte humide par laquelle on entre, rien ne répond à l'idée que je me faisais de Shanghaï. « *C'est la crise* », phrase d'excuses que répètent nos camarades d'infortune.

Cela échoue dans une chambre d'hôtel où un policeman empêche qu'on nous serve quoi que ce soit.

Certes il doit exister une Shanghaï qui ressemble à celle qu'on rêve et même qui la dépasse. Mais, cette fois, nous avons pris le mauvais bout. Les camarades qui nous pilotent évitent cette ville cachée que symbolise un temple de la périphérie où des nouveau-nés, élevés dans les bocaux d'huile, deviennent des bouddahs. On gave ces nourrissons atroces dont le corps ne se développe jamais et demeure un bloc informe de gélatine. Les têtes seules vieillissent et vous regardent. Et ces monstres sacrés de foire vivent jusqu'à quarante et cinquante ans.

(En réalité ces phénomènes sont encore plus tristes. C'est à l'âge d'un ou deux ans qu'on emprisonne dans le bocal d'huile l'enfant volé ou acheté, bien constitué, solide, élu pour devenir dieu.)

Notre méthode de voyage risque de me faire passer à côté des innombrables amis inconnus qui sont l'excuse d'écrire. Hélas, sur le COOLIDGE, j'apprendrai que la jeunesse chinoise de Shanghaï nous attendait et préparait une fête de théâtre. Bernardine Szold-Fritz me pardonnera, et ses amis du 55, Yuen Ning Yuen Road. Je veux qu'elle sache que je me suis mordu les pouces et que j'eusse aimé voir de Shanghaï autre chose que l'écorce acide. Mais nous n'y passâmes qu'une seule nuit.

15 MAI

La mer redevient japonaise. Les vagues et l'écume sont des Fuji neigeux qui se dressent et qui s'écroulent. Là-bas des côtes basses que des lignes de brume rayent comme l'agate. Le bateau croise de petites îles pointues où vivent cinq ou six pêcheurs dans des jardins minuscules. Ils nous disent bonjour au passage. Si proches ces îles et si plates, qu'on dirait que le bateau passe entre des paravents où la mer, ces personnes et leurs demeures sont peintes.

LE JAPON, 16 MAI. — UNE PETITE FILLE DESSINE UN CERCLE À LA CRAIE. — LE JAPON SORT DE LA MER. — GAI PRINTEMPS. — KIKUGORO, PRÊTRE DU THÉÂTRE. — LA LUTTE : KOKUGIKAN. — LES LUPANARS. — LE PRÉSIDENT COOLIDGE.

Le Japon se trouve encore sous la férule de la loi martiale et les jeunes chefs militaires essayent d'y introduire la dictature fasciste. C'est pourquoi, d'un côté les prospectus du Kashima-Maru vous engagent à visiter le Japon et multiplient les appels sous les couvertures alléchantes, de l'autre, les interrogatoires, les menaces de confisquer votre caméra, l'insolence de la police, vous déconseillent la visite et vous rendent suspect à vos propres yeux.

J'emporte du Japon une image très différente de celle que je m'étais formée avant d'y venir. Certes, il arrive que la messe soit décorative et que prêtres et fidèles y participent sans croire. Mais le suicide, je veux dire la faculté de sacrifice de l'individu à la masse ou bien à l'Empereur qui la résume, forme la base de tous les sourires et de tous les saluts. Les fleurs des estampes plongent dans le sol des racines tortueuses et nocturnes. Ce peuple, condamné tous les soixante ans à la ruine de ses habitudes par les tremblements de terre et les cyclones, accepte de rebâtir sur la cendre. La mort est au bout de ses actes. Il s'incline avec patience devant ce dur destin, et, d'avance, il offre en holocauste son foyer de bois précieux, de paille et de papier de riz.

A Kobé, le premier spectacle qui me frappe, c'est une petite fille du peuple jouant à la marelle. Cette petite fille de cinq ans dessine à la craie sur le trottoir le cercle idéal avec lequel Hokusaï signait ses missives. Après avoir bouclé ce chef-d'œuvre, elle s'éloigne à cloche-pied en tirant la langue.

Je voudrais emporter ce cercle. Il me livre dès notre premier pas le secret de l'âme nippone. Ce calme pareil au silence solennel du parc qui précède le temple de l'empereur Meiji, cette patience laborieuse, cette sûreté d'œil et de main, cette netteté, cette propreté, nous valent soit ce miraculeux travail du bois, soit cette camelote qui encombre le marché d'Europe. Ici la main-d'œuvre se rétribue moins cher que partout au monde et le soldat, qui se contentait jadis d'un bol de riz par jour, en mange quatre. C'est sa solde sur terre et sur mer. Aucune concurrence possible. Qu'un chef désobéisse ou cherche à suivre l'exemple des grosses légumes d'Europe, il n'est pas long à s'ouvrir le ventre. Dans la récente affaire du suicide des généraux, vainqueurs et vaincus rivalisent d'héroïsme.

Le palais impérial de Tokio, ville en forme de roue, est le moyeu autour duquel tout tourne. Sa muraille grise, ses larges fossés d'eau croupie, ne laissent jamais entrevoir le Mikado. S'il voyage, entre le Palais et la gare, la foule s'agenouille et baisse les yeux. La police empêche à présent la foule de s'agenouiller parce que cela encombre. La circulation se fige. Les volets se ferment, le curieux qui oserait regarder le Mikado par une fenêtre deviendrait aveugle. Personne ne risque l'expérience. Le palais impérial est le Vatican de cette religion du devoir.

L'Oriental Hôtel de Kobé sera une simple halte. Nous décidons de rejoindre Yokohama demain en passant par Kyoto et, une fois à Yokohama, de faire la navette entre Yokohama et Tokyo. Un journaliste nous servira d'interprète.

Au premier abord les Japonaises ont l'air d'un anachronisme. On dirait des déguisements de carnaval. Le contraste entre les buildings et leurs kimonos est si vif qu'on est tenté de mettre leurs mines et leurs fous rires sous des ombrelles plates, sur le compte d'une gêne à sortir en costume. Peu à peu on s'habitue, et l'on constate que pas une Japonaise ne s'habille à l'européenne. Les hommes qui travaillent portent le costume européen. Les autres le kimono. Les ouvriers, les livreurs, ont les jambes nues, des mollets énormes, des gants blancs, une serviette éponge nouée autour de la tête, une blouse bleue couverte de monogrammes. Tous, hommes et femmes, sont chaussés de socquettes blanches qui enferment les orteils et ne dégagent que le pouce. Par cette fente d'un sabot de chèvrepied, passe une petite lanière. Cette lanière et un V renversé de velours, maintiennent des patins de théâtre grec qui grandissent ceux qui les portent, évitent de patauger s'il pleut et claquent comme des castagnettes. S'il fait beau, ces patins sont de simples semelles de bois ou de paille. On les quitte sur le seuil et les nattes ne connaissent que la marche légère des chèvrepieds de toile blanche. C'est par la manière dont ces socquettes blanches épousent le pied et dont le lien s'enfonce à peine entre les orteils que se signalent les personnes élégantes.

Le cérémonial, je le répète, passe avant tout. C'est le rite qui compte et c'est pour avoir manqué à quelque rite qu'on se tue. Rite et grade. De l'empereur (Number One) au pauvre, chacun conserve sa place sur une des marches de l'escalier social et ne la cède à personne.

Selon sa gloire, un acteur aura droit à un plus ou moins grand nombre de musiciens d'orchestre. Des chapeaux de laque attachés sous le menton par un cordonnet, des coiffures d'étamine noire, des nattes, des bouffettes, des monogrammes, des éventails, des chasse-mouches, indiquent les privilèges du bonze, du lutteur ou de la courtisane.

Le Japon sort de la mer. La mer l'a rejeté comme un coquillage de nacre. La mer garde le droit de le détruire et de le reprendre.

D'avoir été à l'origine des taches décoratives de l'art japonais, les poissons pâles, mouchetés de noir et de rouge semblent obéir au style national. Les Samouraïs, hérissés d'antennes et de pinces, se battaient sous la carapace de laque des crustacés, les arbustes imitent les branches du corail et des plantes aquatiques ornent les jardins de maisons pareilles à des barques légères.

Le Japonais se régale de poisson cru. Un goût de marée imprègne la nourriture et nous éclaire sur la ressemblance de certains types avec le faciès esquimau. Tout cela est fort embrouillé, fort difficile à mettre en ordre. Je me dirige à l'aveuglette et j'essaye de voir mes hôtes jusqu'au cœur.

Photographes. Photographes. Photographes. C'est le leitmotiv de notre séjour. À l'hôtel de Kyoto, après une route qui traverse un paysage de Lorraine, les servantes nous reconnaissent et nous demandent de signer des cartes. Nous nous sauvons pour dîner à la japonaise et nous rendre à un spectacle de danse de geishas. Dîner charmant, simple, dans une petite salle où nous sommes servis par une jeune fille qui ressemble à la sœur d'Igor Markevitch. Tempera. Après le soukyaki, viandes de bœuf ou de poulet et légumes qui cuisent sur un réchaud de charbon de bois, creusé au centre de la table, la tempera est le plat national. Il comporte des crevettes géantes, des piments et des concombres frits qu'on trempe dans une sauce brune et qui se mangent avec les baguettes. Le saké, alcool de riz, versé tiède dans de minuscules tasses de porcelaine, remplace notre vin et accompagne les repas.

Nous avions mangé le soukyaki au restaurant japonais de Singapore. Mais à Kobé, le soir que nous y avons passé, le soukyaki nous enchante de parfums délicats. Ces parfums, le feu d'enfer du soleil et du curry de Singapore les empêchent de s'épanouir. Au restaurant Miwa, fait comme un château de cartes, de bois, de paille et de papier, bourré d'armures, de casques, de sabres, de Samouraïs, de kakémonos, de rochers, de ponts jetés sur des rivières en miniature qui paraissent serpenter à travers les chambres, nous mangeâmes un soukyaki et bûmes un saké de premier ordre. De jeunes prêtresses de la nourriture le servent à genoux.

A Tokyo, les geishas, autres prêtresses des bonnes manières, nous feront manger à genoux en éclatant de rire et en buvant dans nos tasses. Les geishas sont issues de familles pauvres. Dès douze ans on les éduque. Elles deviennent des geishas lorsque leur éducation leur permet de charmer les hôtes, de jouer des instruments à cordes, de chanter, de danser et de converser avec les hommes. Il ne faut pas les prendre pour des courtisanes. Leur rôle se borne à rendre l'atmosphère agréable. Ce sont des bouquets que les convives respirent. Ils en respectent l'ordre et les règles du jeu consistent à ne jamais franchir certaines limites. Un club central de geishas possède leurs adresses et les envoie sur commande. Enfarinées, maquillées d'un masque où leurs prunelles remuent derrière des fentes en forme d'amande faites au canif, mitrées des coques, des torsades et des rouleaux sombres d'une coiffure monumentale, sait-on jusqu'où elles acceptent sans révolte leur existence d'esclaves et les longues soirées de charme décoratif ?

Actrices exquises, automates dont le maquillage de blanc liquide s'arrête aux épaules et aux coudes, dont le mécanisme exécute une suite de mouvements réglés d'avance, dont le sourire aurifié se dissimule comme un bâillement derrière l'éventail, et qui chaussent parfois des lunettes savantes à monture d'écaille.

Sur des cartes, que dis-je ? sur des langues de papier, elles vous tendent leur nom et leur adresse. *Pluie d'Avril. Dynastie de la Lumière. Gai Printemps.*

Dynastie de la Lumière, c'est la Japonaise d'Outamaro, celle qu'on se représente d'après les livres. Sa tête est un œuf qui se balance. Un iris noir de cheveux la surmonte. Son corps est une chrysalide, une larve en pleine métamorphose, car des ailes multicolores se déroulent sur son dos rond. *Pluie d'Avril* est moins ovale. Sa figure, une petite boule d'ivoire, de sucre et d'encre de Chine. Sa bouche saigne. Sa coiffure est celle que les femmes modernes adoptaient en 1870. Les coques et les volutes cèdent la place à des nattes et à des pointes.

Gai Printemps offre un spectacle qui déroute. C'est la geisha révoltée. La geisha qui se défend de l'être, qui rêve de Hollywood. *Gai Printemps,* victime du cinématographe, ce n'est plus « la jeune fille devenue folle par le lion » du KAGAMI-JISHI, c'est la jeune fille devenue folle par le lion de la Metro Goldwyn. Elle est ambitieuse. Elle adopte la coiffure à la mode. Elle parle haut et se déhanche. Elle souffre. Ses limites sont extrêmes et sa souffrance ne l'en tourmente que mieux. Elle s'accroche à ce qu'elle devine en nous de libre et de chevaleresque. Charmer ce peuple d'insectes propres, impeccables, froids, pour qui la femme est un vase de fleurs, lui donne des yeux de poule folle et un pauvre rictus lui tient lieu de sourire. « Oh Mister Cocteau ! Mister Cocteau ! » Elle voudrait parler, s'expliquer, éclater, malgré quelques regards qui la dominent. « Mister Cocteau ! Mister Cocteau ! » Elle empoigne ma main, l'embrasse, la serre contre sa poitrine, m'adresse un appel douloureux. En anglais détestable elle m'explique : « Depuis que j'ai vu vos photographies dans le journal, je voulais vous approcher, vous regarder, vous parler. » Les choses en restent là. Que peut-elle ? Que puis-je pour ôter de cette toile d'araignée une pauvre mouche qui se démène ? Le gramophone remplace les cordes et les chants où la voix se noue dans la gorge, stylisant les cris et les larmes. Mistinguett chante. Je danse avec *Gai Printemps*. C'est-à-dire que je transporte autour de sa prison de papier une noyée qui s'accroche à l'épave, une joue qui se colle à mon épaule, des mains qui se cramponnent. « Oh ! Oh ! Mister Cocteau ! » Cette plainte me déchire l'âme. Des yeux graves, sévères nous suivent, nous inspectent, nous jugent. Plus elle s'enfonce, plus elle s'affole, plus je constate mon impuissance à lui porter secours.

Deux geishas se disputent Passepartout. Elles jouent à la « mourre » — les doigts qu'on jette — qui dansera cette danse. Nous voilà loin des Parisiennes pour qui l'entité féminine suffit. Le sexe faible devenu le sexe fort. Femmes qui mangent ou femme que l'on mange. Ici les femmes nous font manger et se disputent la chance de danser avec un jeune homme. Mistinguett chante. Sa voix pathétique me rappelle ma ville où les femmes triomphent. Pauvre *Happy Spring!* Elle devient de plus en plus lourde. Lorsque le disque s'arrête, elle presse ma main contre ses lèvres et me dit : « Thankou. » Il lui faudrait une longue école pour apprendre à perdre cette attitude de vaincue. Littéralement sous nos yeux elle se noie, elle enfonce.

La Fontaine dirait : « Je ne suis pas de ceux qui disent : ce n'est rien. C'est une femme qui se noie. » Nos hôtes pensent : « Ce n'est rien, c'est une femme qui se noie. » et *Happy Spring* se tourne de toutes les forces qui lui restent vers la perche que j'aimerais lui tendre. Hélas, pourquoi tendre une fausse perche? Je quitte le Japon demain et dans dix-neuf jours j'achève le tour du monde. Je dois reprendre ma place sur la natte entre mes hôtes, manger une fraise au bout d'un bâtonnet, regarder *Gai Printemps* au fond de l'eau.

« Oh! Mister Cocteau! » La petite plainte, sans cesse reprise, hante mes oreilles. Ce matin, ce double miroir qui s'emboîte et qu'on a déposé à l'hôtel, c'était *Happy Spring* qui me l'offre. Au moment de partir je hale un filet de pêche sur mon épaule, et dans ce filet *Happy Spring*, morte. Elle ne parle plus; elle contemple, hébétée, sur le seuil, les souliers que je vais mettre et qui m'emporteront loin de son île. Passepartout me souffle : « Rien à faire, pauvre petite. » Et s'il combine de l'enlever comme Aouda, il y renonce, car il rencontre le regard des prêtres du devoir national auquel il faut aussi que les geishas obéissent.

Nous montons en voiture. Le visage moins maquillé que celui des autres, de *Gai Printemps,* se colle à la vitre. Tout à l'heure elle reprochait aux danseuses japonaises de ne jamais sourire, de danser sous le masque. C'est maintenant un masque sans sourire qui se colle à la vitre, que le soubresaut du départ décolle et qui reste planté au milieu des lanternes et des étendards.

Je me retourne. La lucarne d'arrière encadre une scène effrayante. Les mains en avant, prise dans les plis de son kimono, boitant sur ses socques, *Gai Printemps,* la bouche ouverte en forme de cri, essaye de nous suivre à la course.

Entraîné par mon cœur j'ai interverti l'ordre des dates. Avant ce dîner qui nous laisse de l'amertume, nous assistâmes à des spectacles qui méritent qu'on les raconte.

À Kyoto je vous ai laissés en panne. Nous nous rendions au théâtre de danse des geishas. Le théâtre s'ouvre au fond d'une sorte d'impasse joyeuse, décorée de lanternes et de girandoles. Des voitures avancent et reculent ; la foule compacte pénètre par un plan incliné où des hommes couvrent nos souliers d'une housse bleue et blanche.

Plusieurs notables de Kyoto m'offrent des cartes et des éventails. Ils se joignent à notre groupe. C'est d'abord une salle d'attente. Ensuite des ouvreuses nous conduisent par un dédale d'escaliers et de couloirs dans une chambre meublée de chaises les unes derrière les autres, comme un théâtre de paravent.

Nous y assisterons à la cérémonie du thé. Deux prêtresses du thé (geishas), dont le maquillage blanc se termine sur la nuque en trois pointes, alternent devant la table sainte et confectionnent le thé vert avec les gestes rituels de la louche en bois et de la batteuse. Après l'office, elles le versent dans des tasses que des geishas naines (des petites filles de quatorze ans qui en paraissent huit), peintes, coiffées, vêtues en geishas véritables, déposent sur des pupitres de laque devant chacun de nous. Elles s'inclinent et disparaissent gravement dans les coulisses.

La main gauche épouse la courbe de la tasse; la main droite s'applique à plat contre elle. Le thé, un bouillon d'herbes couleur de jade, s'absorbe d'une traite. Les fidèles se lèvent et regagnent la salle d'attente. Une petite porte s'ouvre, et, selon l'antique coutume, la foule se précipite et s'écrase pour gagner l'amphithéâtre où les meilleures places appartiennent aux plus forts.

La surprise de passer de ces petites salles dans cet édifice lumineux et d'y voir le public rouler ses vagues les unes sur les autres, s'écraser, se superposer, se tasser en silence, reste le meilleur du spectacle. La chorégraphie des femmes est assez faible et le théâtre oriental gagnait à leur interdire l'accès des planches.

Les hommes qui jouent les rôles de femmes leur ajoutent je ne sais quel accent qui les hausse et donne le tour de clé qu'exige le recul théâtral. Les femmes qui jouent des rôles d'hommes les affaiblissent. Les angles s'émoussent, les lignes s'estompent. Tout cet ensemble, décors et costumes, procède un peu de notre music-hall. Trop de brio, trop de lumières. Les machinistes ne circulent plus sur la scène, large de trente mètres. Les décors s'envolent, descendent, ou glissent avec une précision prodigieuse. J'ai vu toute une maison des courtisanes du Fuji qui tentent d'attirer deux héros par les baies d'un premier étage, devenir, en un tournemain, la base de cette maison, l'escalier et la porte. Les femmes descendent quelques marches. L'illusion est complète. La seule différence avec notre music-hall, différence qui ajoute à ce programme une gravité d'église, c'est que jamais les femmes ne sourient. Ni les comédiennes de la pièce, LE VOYAGE DE KOBÉ À TOKYO, ni les musiciennes, dix à gauche, dix à droite, assises par terre dans de longues niches décorées d'étoffes rouges, et formant les côtés du trapèze dont la scène serait la base. A gauche, cinq musiciennes frappent des tambours cylindriques avec des bâtons de bois ou des tambours semblables à des sabliers, avec une bague de bronze. Cinq flûtistes terminent ce guignol sacerdotal. À droite, l'orchestre se partage en cinq joueuses de ces longues mandolines qui se grattent à l'aide d'une palette d'ivoire et cinq choristes, la partition posée devant elles sur des pupitres de laque.

Les musiciennes de gauche sont vêtues de kimonos noirs à ramages blancs. Les musiciennes de droite de kimonos bleu ciel à ramages pourpres.

Quelquefois, les musiciennes reculent par machine et découvrent une fosse. Un rideau vert les dissimule et une nouvelle rangée monte de la fosse ouverte comme l'orchestre du Paramount. Et toutes ces tambourinaires, et toutes ces flûtistes, et toutes ces choristes, tendent droit devant elles des faces de tortues livides, et toutes ces danseuses deviennent sur cette musique arrachée note par note au silence, une troupe de spectres et de Pierrots somnambules.

C'est le surlendemain, à Tokyo, au Kabuki-Za-Théâtre, que je devais assister à l'étonnante pantomime du KAGAMI-JISHI. Une troupe de jeunes peintres et de jeunes poètes m'attendait. Et des photographes ! Nous arrivâmes à huit heures. Depuis trois heures on représentait pièce sur pièce et Kikugoro Onoye VI se transformait et se dépensait pour l'immense public dont il est l'idole. Dès le matin Kikugoro doit se purifier, se préparer, se baigner au milieu de ses habilleurs, coiffeurs et accessoiristes. Salle comble. Scène de trente mètres, large et basse ; la mesure idéale.

La mauvaise proportion de nos scènes trop hautes et trop étroites amputerait un Kikugoro, un Mi Lang Fang et les empêcherait de jouer.

Deux ponts à planchers lumineux traversent les fauteuils et réunissent la scène au fond de la salle : à gauche, le mauvais chemin et le chemin de fleurs à droite.

Le magnésium explose et une jeune poétesse m'offre un bouquet de fleurs de la part du président de la Société des Gens de Lettres. La salle assiste debout à cet intermède. À 8 heures et demie précises la célèbre pantomime en un acte de Ochi Fukuchi, accompagnée par la musique de Nagauta, commence.

La scène représente une salle de palais le jour du premier de l'an. L'orchestre, quatorze musiciens et choristes, vêtus de noir et de bleu pâle, occupe une niche ouverte au fond du décor. Des dignitaires du Palais et de vieilles dames d'honneur conversent à côté d'un autel qui exhibe des masques de lion. Ces masques consacrent la demeure en ce jour de fête. Messieurs et dames sortent. L'orchestre joue seul et le récitant raconte qu'ils reviendront avec une jeune demoiselle d'honneur, Yayoé. Ils lui demanderont de danser avec un des masques, pour porter la chance. Les portes glissent, côté cour, et Kikugoro entre, acclamé par le public. Il interprète le rôle de la jeune fille. Les messieurs et dames d'honneur le poussent, malgré sa résistance, jusqu'au milieu de la scène. Sa timidité l'emporte. Il les tire en coulisse, et, une seconde fois, on le pousse et on le conjure de danser. Il ou elle? C'est *elle* qu'il faut dire. De cet homme de cinquante ans un peu lourd et empâté rien ne subsiste qu'une jeune personne délicate qui balance la tête sur un cou mince et machine autour de ses gestes le décor de ses étoffes raides, mauves, bleu ciel, terminées par une lourde traîne de bourrelets rouges.

Cette danse, si longue et sans longueurs, valait notre voyage. Je l'eusse entrepris pour la voir. Deux accessoiristes à genoux, vêtus de robes feuille morte, tournent le dos et passent au mime les éventails dont il use. Ces éventails deviennent, entre ses mains, des rasoirs qui tranchent des gorges, des sabres qui coupent des têtes, des feuilles qui tombent, des plateaux chargés de philtres criminels, des hélices d'aéroplane, des sceptres de rois. Lorsqu'il cesse de s'en servir, il les lance, d'un coup sec, derrière lui, et les accessoiristes les reçoivent comme une flèche.

Il approche de l'autel et s'empare d'un des masques de lion. Ce masque est prolongé par une écharpe de soie jaune. À peine le masque se trouve-t-il entre ses mains qu'il commence à vivre. La gueule claque. L'écharpe flotte et s'enroule. La jeune fille danse. Et voici deux papillons. Des accessoiristes les agitent au bout de perches. Le lion saute. La jeune fille s'énerve de plus en plus. Le masque la subjugue et l'hypnotise. Enfin, les accessoiristes reculent et la jeune fille affolée, égarée, entraînée, obligée de suivre le masque de lion, s'engage à sa suite sur le praticable de gauche.

Ici kikugoro va atteindre au sublime. Il essaye de vaincre le charme. Sa tête se détourne. Sa main fait claquer les mâchoires et semble s'arracher de lui. Il hoquette, il trébuche, il tombe, il se relève et, par une suite de spasmes, traverse la salle et disparaît dans un tonnerre d'applaudissements.

L'orchestre s'ouvre en deux et laisse passer une estrade qui supporte deux arbres de pivoines. Un arbre de pivoines rouges, un arbre de pivoines blanches. Dans le symbolisme japonais, papillons et pivoines escortent toujours le lion. L'orchestre se referme et accompagne la danse des papillons : deux danseurs vêtus de kimonos écarlates à ceinture bleu de ciel, à perruque féminine, portant autour du cou de petits tambours d'or et agitant des baguettes fragiles. Ils exécutent des figures de danse symétriques, frappent leurs tambours réciproques et sautillent à cloche-pied devant l'estrade.

Un rugissement répété par la foule se fait entendre. Les papillons disparaissent. La musique se double de machinistes qui, à droite et à gauche du proscenium, frappent le plancher avec des baguettes. Et tout à coup, d'une petite démarche rapide, les bras raides sous des manches d'or, Kikugoro traverse le mauvais chemin et entre en scène. Il est coiffé d'une crinière blanche qui se hérisse, qui l'encadre et traîne derrière lui sur une distance de cinq mètres. Un maquillage rouge lui tourmente les sourcils et la bouche. Ses pieds trépignent. Ses bras se tendent. Sa crinière voltige et semble écrire le texte silencieux de la pièce avec un énorme pinceau. La jeune fille est devenue lion.

Ivre de rage et de fatigue, le lion s'endort entre les

pivoines. Les papillons reviennent et l'agacent. Il s'éveille, et le rideau se ferme sur sa colère et sur sa stupeur.

Kikugoro n'est pas seulement un mime, c'est un prêtre. Ce spectacle est liturgique, non point dans le sens de nos mystères, mais dans le sens religieux. Ce n'est pas d'un théâtre religieux dont je parle, mais de la religion du théâtre. Kikugoro et son orchestre célèbrent l'office.

On nous entraîne vers sa loge. Nous traversons des foyers, des cours, des sous-sols où se devinent les mécanismes d'une scène tournante, des corridors et des étages. Nous entrevoyons des chambres blanches où des musiciens agenouillés se congratulent. Nous montons, nous descendons, nous remontons et, en fin de compte, nous arrivons à la loge de Kikugoro. Nous nous déchaussons. Nous nous trouvons face à face avec l'idole, un petit homme robuste en costume de page de Samouraï, qui nous montre les muscles que la danse du masque développe sur ses bras et se plaint de ce qu'ils le gênent pour jouer les rôles de femmes.

Lorsque les photographes me demandent de lui serrer la main, je comprends que Kikugoro redoute que ma main le démaquille. Je fais aussitôt semblant de serrer sa main et garde la mienne à quelque distance. Il me jette alors un coup d'œil inimitable, celui entre collègues qui savent de quoi il retourne et qui connaissent les planches. Le lendemain, à peine aurai-je fini de parler de lui à la T.S.F. qu'il enverra sur la colline où je quitte le poste, une ambassade pour m'exprimer sa reconnaissance.

Kikugoro Onoye, sixième du nom et qui porte dans Kagami-Jishi la perruque léonine de ses ancêtres, doit transporter les pièces du Dan Kiku Festival à l'Opéra de Paris. Je redoute ce cadre. Son jeu exige de l'espace, un plancher impeccable et un public attentif. Je crains, hélas, que notre Opéra ne réunisse aucune des conditions requises.

Le lendemain, après une matinée un peu lourde, Foujita, et Nico mon traducteur, nous emmènent au Kokugikan (Palais des sports) voir les épreuves de lutte japonaise qui se déroulent depuis l'aube.

Pour atteindre une des portes, il faut traverser un marécage où les échoppes volantes vendent des oranges, des pâtes de sucre, des souvenirs, des cartes postales qui représentent les lutteurs à la mode. C'est le tohu-bohu des arènes d'Espagne un jour de corrida. Brusquement, je me trouve dans un cirque gigantesque, bondé jusqu'aux cintres, et je trébuche entre des cases de bois où les corps jonchent une litière de coussins, des canettes vides, des pelures d'oranges, de savates et de chapeaux mous. Un notable nous a invités dans sa loge. Une de ces cases où nous nous laissons choir à même le sol.

Au centre du cirque se dresse l'estrade : des nattes rondes sous une toiture de pagode que soutiennent quatre piliers, blanc, noir, vert et rouge. Un vélum mauve, entouré de baldaquins bleu-marine, se gonfle au-dessus du ring. Là-haut, autour des vitrages, surmontant les grappes humaines de soldats et de collégiens, les photographies colossales des vainqueurs de l'année dernière.

Sur le ring les lutteurs s'observent, surveillés par des arbitres en kimonos d'argent, coiffés de laque noire et d'antennes d'insectes, armés d'une sorte de miroir sans glace qui est l'attribut de leur privilège. La lutte durera une seconde à peine. Ce sont les préparatifs qui déclenchent ces tempêtes de cris interrompus de silences. Les lutteurs sont de jeunes hercules roses qui semblent tombés des voûtes de la Sixtine et appartenir à quelque race dont il n'existe que de très rares spécimens. Les uns, entraînés selon l'ancienne méthode, étalent un ventre énorme et des seins de femmes mûres. Mais ces seins et ce ventre ne sont point ventres et seins d'obèses. Ils relèvent d'une esthétique de jadis et témoignent d'une force distribuée autrement. Les autres exhibent la musculature de nos stades. Une ceinture sombre s'enroule à la taille, passe entre les jambes, dégage les fesses et laisse pendre sur les hanches une jupe de fils raides. Lorsqu'ils se penchent, ces fils se hérissent en arrière et leur donnent un aspect de coqs ou de porcs-épics

Les uns et les autres possèdent de charmantes têtes féminines couronnées d'un chignon : une mèche grasse qu'ils retroussent, épinglent au sommet du crâne, et qui s'ébouriffe en éventail.

Après avoir jeté du sel sur la piste afin de la purifier, les adversaires, les jambes écartées et les mains sur les cuisses, se balancent lentement, lourdement, d'un pied sur l'autre. Cette danse de l'ours les assouplit. Ils se courbent face à face et attendent on ne sait quel instant propice, quel miracle d'équilibre, quel accrochage de leurs volontés.

Ils méditent des prises, calculent, se tendent et soudain, comme d'un commun accord, se détendent, lâchent la pose et, sans même se regarder, s'en retournent et quittent l'estrade. L'arbitre leur accorde dix minutes de ces essais infructueux. Tout à coup, le contact fonctionne, les grands corps s'affrontent, s'empoignent, se giflent, piétinent, s'arrachent du sol, et dans l'orage lumineux des photographes, un arbre humain roule en bas de l'estrade, déraciné par la foudre du magnésium.

L'avant-dernier combat met aux prises un athlète du style moderne à belle face camuse, et l'invincible, un bouddah dont la panse repose sur des hanches étroites de boxeur. Nous eûmes la chance d'assister à quelque chose de rare. Dès que les adversaires se décident et s'affrontent, un équilibre parfait des forces les place au point mort. Si je cligne les yeux je ne vois qu'un seul animal, un bœuf rose, formé de ces corps immobiles. Cette immobilité de pont se prolonge à tel point que plus personne ne respire, qu'on se demande si elle cessera un jour, si l'on n'assiste pas à une pétrification de puissances adverses. Cet équilibre devient insupportable. L'arbitre détache les corps d'un signe de son attribut. On acclame. À la reprise, les adversaires devront retrouver exactement la même posture, mais la distribution des fluides risque de ne plus être égale, et lorsqu'ils montent sur la piste et de nouveau s'enlacent, c'est dans un silence respectueux du public. Et le point mort se reforme, et les jambes s'arc-boutent, et les doigts s'introduisent entre la chair et les ceintures et les fils se hérissent et les muscles se gonflent et les pieds s'enracinent dans la natte, et le sang monte à la peau et la colore d'un rose vif. Soudain l'invincible découvre une paille, profite d'une défaillance, rompt l'équilibre. Le magnésium crépite, accompagne le désastre de l'un des piliers du pont humain qui saute et s'écroule à la renverse.

Le vainqueur lance du sel sur la piste, le vaincu se relève, remon au bord, s'agenouille et baisse la tête.

Cette année encore l'idole des sportifs recevra la

coupe du Ryogoku, et sa photographie avec celle de Kikugoro décorera les chambres des courtisanes.

Notre hôte nous ouvre le quartier des lutteurs. Une voûte de cloître où se baignent de jeunes divinités de marbre rose, aux yeux et aux chignons de femmes. Les uns barbotent dans une auge, d'autres se promènent en kimonos noirs à pivoines blanches, d'autres nous sourient sous une chevelure hirsute qu'ils laissent croître jusqu'à ce qu'ils puissent relever la mèche grasse, la ficeler, l'épingler et l'épanouir en cocarde.

Je m'avance jusqu'au vainqueur, accroupi sur un socle de pierre, et dont un perruquier est en train de peigner et de nouer le chignon de laque. Laque noire et laque rose. Ce monstre naïf est tout lisse, tout rose, et c'est sur un œuf de Pâques rose que je m'appuie pour les photographes. Cette épreuve du vainqueur félicité par Philéas Fogg et Passepartout nous accueillera demain soir à la porte des femmes de Tamanoï, un des nouveaux quartiers de la prostitution japonaise.

Ce soir, c'est Foujita qui nous guide. Nous traversons un parc obscur et nous débouchons en pleine avenue des cinémas, avenue pavoisée, chatoyante et violente. L'activité productive dont elle témoigne me casse bras et jambes. Je me demande comment je pouvais croire à l'activité de ma ville, sans connaître cette monstrueuse procession de salles pleines qui se chevauchent et qui hurlent de toutes leurs affiches, de toutes leurs lanternes, et de tous leurs drapeaux. Non seulement l'avenue s'allonge, interminable, et les salles s'ajoutent aux salles, mais encore des affluents grossissent ce fleuve et ces rues adjacentes déversent une foule jamais rassasiée de fils japonais et chinois.

Inutile d'essayer d'atteindre le bout de ces rues et de

cette avenue. Tokyo la détruite et la reconstruite est une pieuvre aux tentacules élastiques. Mais où le rêve se change en cauchemar, c'est lorsqu'on aborde un des cinq quartiers qui entassent leurs maisons closes à l'endroit des cinq anciennes portes de la ville. Des fossés entourent chacun de ces quartiers dont le plus célèbre se nomme Yoshiwara. Les femmes ne peuvent en quitter l'enceinte.

Lors du cataclysme de 1922, les lupanars de bois flambaient joyeusement, le cyclone faisait voler des tôles incandescentes qui décapitaient les unes et calcinaient les autres. Des filles broyées, le cou pris entre des poutres, hurlaient sous les décombres, et l'eau bouillante des douves cuisait vives celles qui cherchaient un refuge contre les éboulements du sol. Les cadavres maquillés, costumés, coiffés, méconnaissables pourrissaient, empestaient, faute de service d'ordre. Les Japonais crurent le Japon détruit et ne cherchaient plus à réagir.

En réalité, les trois quarts de Tokyo n'étaient que ruines, l'incendie élargissait le drame et la famine se chargeait du reste.

Ce soir, de sombres avenues et des terrains vagues bordés de palissades aboutissent au labyrinthe d'Yoshiwara. Labyrinthe de rues qui se coupent et se ramifient comme les branches d'un arbre généalogique.

Tout à l'heure, c'étaient les salles de cinématographe et les affiches bariolées des films. Maintenant ce sont les lupanars qui se succèdent et qui exposent les photographies des courtisanes. Avant le cataclysme elles faisaient une parade muette derrière une vitre et s'exposaient, debout, en chair et en os, vêtues de robes superbes. Les lupanars démolis se rebâtirent sur le même modèle et ne diffèrent que par des détails décoratifs. On dirait des boutiques de change très longues et basses, où les changeurs à tête rase et à mâchoire d'or habitent à chaque extrémité une petite caisse de comptoir.

Le premier changeur, contrôleur du théâtre interlope, on le surnomme : vache. Il reste à l'étable. Le deuxième : cheval. Si le client a oublié sa bourse, Cheval quitte l'écurie et l'accompagne jusqu'à sa maison. Il touche à domicile. Si l'argent manque, il emporte une canne, un livre, un chapeau.

À leur droite et à leur gauche quatre marches où la clientèle se déchausse. En haut des marches une draperie de soie brodée s'écarte et l'on devine une face blanche qui guette. Entre les singuliers changeurs qui sourient et nous interpellent au passage, une vitrine contient les portraits des courtisanes et une niche à sculptures d'ébène, des déesses de bronze ou des coquillages sexuels. Lanternes, cèdres nains, pancartes de laque noire (grand 8, grand 16) et des devises courtes qui suspendent leurs caractères creusés et gouachés de blanc, paravents de poudre d'or, tresses de soie violette, perspectives de fleuves bordés de maisons sous le clair de lune, consciencieusement peintes à la mode foraine. Les lupanars rivalisent de luxe et de mystère !

Passepartout, hélé par les bonzes crapuleux, alléché par des fentes de rideaux cramoisis et les ombres chinoises du papier des murailles, déclare qu'il faut vaincre la timidité européenne et voir sur place les rites des Shogi, prêtresses du culte. Il se sauve à toutes jambes et disparaît dans un des lupanars. Nous marchons de long en large, et, comme nous craignons de confondre les rues, nous pénétrons à sa suite et décidons de l'attendre au premier étage, en buvant du thé. Une vieille mama nous installe sur des nattes, et cherche des courtisanes pour nous tenir compagnie. Ces filles de dix-sept et dix-huit ans vivent sans souteneurs, vendues et exploitées par leurs familles. Elles signent des contrats de trois, cinq et sept ans et gagnent cinquante yens par année (deux cent cinquante francs). La compagne de Passepartout s'étonnera d'un pourboire supérieur aux trois yens payés d'avance. Elle enverra la matrone demander si ce pourboire est bien pour elle et n'en croira pas ses yeux.

Lorsque Passepartout nous rejoint il est encore rouge de honte. C'est, raconte-t-il, quelque chose d'insupportable, de criminel. Tout ce cérémonial de thé qu'on verse, de matelas qu'on transporte, de kimonos qu'on enfile, de lampes qu'on voile, pour aboutir à ce bébé pâle qui gigote dans la pénombre au milieu des molletons, des linges et des langes, sans l'épaisseur desquels il ne reste que le volume d'un chat angora sortant d'une mare.

Et Passepartout traîne la savate, lugubre, se félicite de son héroïsme et regrette son expérience. Il m'accuse d'être lâche et j'avoue que jamais je n'eusse réussi à vaincre ma timidité. C'est donc, lourds de mélancolie, que nous traversons le fleuve Sounida et que l'automobile nous mène jusqu'à Tamanoï, quartier des lupanars populaires.

À Tamanoï, où nous devancent nos photographies du Kokugikan, les femmes habitent des cabines serrées comme des cabines de bains publics. Un guichet de la porte encadre des figures ravissantes de petites paysannes, sous l'éclairage rouge qui fait valoir les roses du marché aux fleurs. Elles lancent des appels, des rires, des œillades. Quelquefois, une de ces malheureuses somnole. Sa pauvre tête coupée, gonflée de fatigue, chavire au bord du judas.

Les cabines d'amour mesurent deux mètres sur deux mètres cinquante, les ruelles trois mètres. Un dédale d'enfer. Et jamais ces filles ne sortent de ce dédale.

Un fifre lugubre se fait entendre. Deux notes monotones. C'est le masseur aveugle. À tâtons — c'est facile, les façades se touchent presque — il offre ses services et annonce son passage. Ce masseur aveugle et son fifre achèvent Passepartout. Il nous demande de rentrer à l'hôtel et nous fuyons entre deux haies de massacre, un massacre de jolies têtes de cire qui remuent.

Je passe la délégation des jeunes poètes, celle des jeunes peintres, celle des peintres officiels. La caisse de Passepartout est pleine de mes livres en langue nippone, de boîtes contenant des boîtes qui contiennent des boîtes, d'écritoires, de bâtons d'encre de Chine, de pinceaux et d'albums.

J'ouvre le vernissage d'une exposition de kakemonos traditionnels et une exposition de jeunes peintres.

Les peintres de kakemonos portent le costume des ancêtres. Les jeunes peintres la casquette, les tweeds de Montparnasse. Beaucoup d'adresse, de force, de grâce, de vivacité, se dépensent d'un côté comme de l'autre. À la base de l'empire et à sa pointe.

Le PRÉSIDENT COOLIDGE quitte Yokohama à six heures. À six heures moins dix je traverse la passerelle précédé de photographes qui nous visent à reculons. À six heures moins cinq, je signe encore des cartes. L'orchestre du bord (un piston, un saxophone, un trombone, une grosse caisse) exécute la déchirante musique des adieux. Des serpentins relient le navire à l'embarcadère. Le vent les gonfle, les casse, les embrouille. Loin, nos amis nouveaux agitent des mouchoirs. Six heures. À gauche une petite automobile ouvre une petite foule. On voit descendre un petit Charlie Chaplin et une petite Paulette Goddard qui embarquent. Les sirènes graves lancent leur appel. Charlie Chaplin s'arrache aux journalistes. Son feutre mis à la Napoléon, une main dans son gilet, une autre dans le dos, ce solitaire qui est trop chez lui partout pour être chez lui nulle part, escalade la passerelle et s'en tire par une pirouette. C'est la fin. Le COOLIDGE glisse. Le quai se détache. L'île s'éloigne. Sur le rivage nos amis rapetissent, disparaissent, continuent d'invisibles signaux. Je lâche mon mouchoir. Passepartout m'imite. Les deux papillons du KAGAMI-JISHI tourbillonnent et se posent sur la mer.

LE KUROYAKI

La plus vieille boutique de Tokyo a résisté au cataclysme. Elle est un prodige noir et or d'élégance. Des tortues géantes lui servent d'enseigne. Cette boutique d'herboriste vend un philtre d'amour. C'est la spécialité que la marchande débite sans l'ombre d'ironie. Dans une petite terrine, un lézard mâle et un lézard femelle calcinés face à face conservent leur forme délicate. Broyez-les en poudre. Conservez la moitié de la dose dans votre poche et jetez le reste sur la jeune fille dont vous voulez être aimé sans qu'elle s'en aperçoive. Ce philtre fait la fortune de cette famille qui, depuis cinq générations, vend des pommes, des cœurs de bœuf, des crapauds, des tortues, des carpes, des chauves-souris, des vers de vase et des têtes de singe dans des bocaux où l'on ne distingue d'abord que du charbon qui miroite. C'est la thérapeutique du Kuroyaki. Voilà expliquée la marmite des sorcières de Macbeth et de Faust. Rien de la légende qui ne possède une source exacte et dont le voyageur attentif ne découvre l'origine. J'emporte une charmante tête de singe, véritable crâne de Yorick en charbon d'os léger (ce remède évite de devenir fou), et trois petites terrines dont la poudre de lézard peut rendre folles les jeunes filles.

MICROBUS

À Tokyo une dame américaine m'offre un cri-cri en cage. Passepartout le baptise *Microbus*. *Microbus* quitte sa cage la nuit. Il dort en haut de la bouteille Thermos et joue à ravir d'une longue guitare verte qui fait partie de son corps. Voici le conte que j'invente pour amuser Chaplin.

LE CADEAU DU MIKADO

L'Empereur du Japon devait m'envoyer un cri-cri nommé Microbus, mais il ne possédait qu'une cage, contenant un petit vent d'est. Ce petit vent d'est capturé en automne le rafraîchissait en été. Bref il fallait prendre conseil, et cela est impossible car personne au monde ne peut lui adresser la parole. Personne, sauf le duc O. K. Connétable des Cages, qui peut parler à l'Empereur une fois tous les sept ans, un dimanche, entre six et huit heures du matin, s'il fait du soleil et si l'impératrice mère a éternué la veille.

Or à peine ouvrait-il la bouche (car il se trouvait dans les conditions requises) que l'Empereur lui ordonna de se faire hara-kiri. Mais ayant désigné le soleil, sa montre, et simulé un éternuement à genoux, le duc obtint sa grâce et se permit de suggérer à l'Empereur de mettre le vent d'est sous un bol de porcelaine, d'employer sa cage pour m'offrir Microbus et surtout de bien la nettoyer pour qu'il ne prenne pas froid.

L'empereur était joyeux. « J'ai été sage », dit-il, « *de permettre à mes sujets de m'adresser la parole.* »

Le COOLIDGE, ses escaliers de bronze et de marbre qui se dérobent, ses salles à manger à bascule, d'or et de cristal, ses magasins et ses piscines instables, traverse, à coups de sirène grave, un brouillard épais. Des gratte-ciel d'eau grise s'abattent contre les parois des cabines. Tout grince et craque et tonne. Démarche en équilibre au bord du mal de mer.

26 MAI. — MICROBUS CHANTE

Je reçois à bord un câble de *Gai Printemps* « Bon voyage. »

....

Cette nuit je m'éveille en sursaut. Que se passe-t-il ? Est-ce un signal d'alarme ? La cabine est pleine d'un vacarme inconnu. Passepartout, que la foudre n'éveillerait pas, se réveille et allume. Ce vacarme, c'est Microbus, le cri-cri japonais, ou sauterelle japonaise, cette fausse petite feuille d'arbre grande comme un haricot vert, qui chante. Ce chant est un phénomène, risque de réveiller le COOLIDGE, nous empêche de nous parler, couvre le choc des vagues. On dirait une scierie en pleine activité ; mille crécelles qui tournent. Et lorsqu'il flanche, c'est pour se mettre au ralenti avec la pétarade sourde et les halètements d'un canot automobile. Et vite, il cherche son registre, jacasse, bredouille, monte, le trouve, et recommence à chanter. Ce tumulte inouï sortant de cet insecte a quelque chose de surnaturel qui angoisse. Passepartout se demande s'il ne chante pas sa mort, car on raconte que le cri-cri japonais meurt en s'exténuant à chanter, comme le cygne.

Passepartout décroche la cage qui pendait à l'anse du Thermos et la pose sur une table entre nos couchettes. Je vais chercher Charlie Chaplin. Sur son épaule, Microbus ne se dérange pas. Il chante. Il tient sans faiblir une haute et interminable roulade. Va-t-il rendre l'âme? Appelle-t-il une femelle? Est-ce un chant d'amour, de guerre ou de mort? L'infini des règnes nous sépare. Nous ne saurons jamais ce qui motive ce chant. Au bout d'une heure, le ressort mystérieux se bloque et Microbus se tait. Nous nous regardons tous. Il n'est pas mort. Il se porte à merveille. Sa mort aurait laissé du vide. Nous n'oublierons jamais cette feuille qui hurle, ce ténor japonais dans la nuit.

27 MAI. — LA SEMAINE DES DEUX MARDIS

C'est demain que se produit un phénomène que la science explique fort bien mais qui reste une énigme poétique comme la longueur d'onde et le pigeon voyageur. Demain mardi 28 au soir, les passagers s'endorment et... se réveillent mardi matin. Le 28 se prolonge jusqu'à devenir un jour anonyme. La semaine des deux mardis. La semaine des trois dimanches permet à un personnage d'Edgar Poë, capitaine de corvette, d'épouser une jeune fille. Le père refusait ce mariage. « Vous l'épouserez », criait-il, « la semaine des trois dimanches. » Grâce à ses calculs le capitaine parvint à rendre cette impossibilité possible. Il est à noter que Poe et Verne se ressemblent souvent. (Arthur Gordon Pym.)

Donc, demain, notre marche à la rencontre du soleil nous fera vivre un jour fantôme. Phénomène qui trompa Philéas Fogg et lui fit croire son pari perdu. On touche du doigt la notion conventionnelle du temps humain.

« Le temps des hommes est de l'éternité pliée », dit Anubis dans LA MACHINE INFERNALE.

Nos actes les plus gratuits ressemblent à l'encoche

que les enfants découpent au bord de la pliure. Intérieurement la dentelle s'organise, et nos actes qui boitent le plus trouvent une symétrie.

Mardi 26, mardi 27. Ces deux mardis sont le fermoir de notre ceinture autour du monde.

La terre que je parcours a été une boule de feu. Ce feu diminuant, il s'est formé une croûte, et le feu chauffe cette croûte, et il en résulte une moisissure, et voilà les paysages que je traverse et les indigènes qui pullulent, et nous, et moi. « Il se pourrait que la vérité fût triste. » Ce mot de Renan est encore un point de vue de morale, c'est-à-dire un point de vue d'esthète. Le moraliste est un dilettante, un esthéticien de l'abstrait. Ni triste ni gaie, hélas! Ni belle ni laide. Le moraliste recule et cligne l'œil de l'amateur d'art.

Mardi, cette nuit. Mardi, demain. Mardi *bis*. Le 26 mai se prolonge et sort des règles. Notre système rassurant se détraque un peu. Les gens détestent ces notions qui les dérangent. Ils veulent oublier l'inconnu que le rêve et certains phénomènes les obligent à toucher du doigt. La dame qui regarde un magazine sur lequel cette même dame regarde un magazine sur lequel, etc., cette dame de plus en plus petite, ne s'arrête jamais de rapetisser. Petite? Non.

Rapetisser, grandir, c'est encore de l'esthétique. C'est ainsi. Voilà tout. Le protoxyde d'azote nous introduit dans un monde fourmillant où l'unité n'a plus de sens. La surprise est extrême de revenir à l'unité, à une grosse main qui vous soigne, à une grosse figure de dentiste, à une lampe, une chambre, à un fauteuil. Le poète vit dans le monde *réel*. On le redoute parce qu'il met le nez de l'homme dans sa crotte. L'idéalisme humain cède en face de sa probité, de son inactualité (l'actualité véritable), de son réalisme que les gens prennent pour du pessimisme, de son ordre qu'ils appellent anarchie. Le poète est antiprotocolaire. On l'a longtemps cru le chef du protocole de l'inexact. Le jour où le public a compris son vrai rôle, il l'a craint.

POST-SCRIPTUM

Peut-être est-ce la place de dire qu'après un tour du monde rapide, l'idée de *vice* n'existe plus.

L'Europe n'a d'intensité que dans le vice, le crime. Hélas, sa vertu est platitude. La vertu intense est rare. C'est la vraie sainteté : celle du poète, de l'oriental.

La chute des anges, ne serait-ce pas plutôt : la chute des angles ? (En hébreu il n'existe qu'un mot pour exprimer les deux choses.)

La force du vice c'est qu'il ne supporte pas la médiocrité. La faiblesse de notre vertu c'est qu'elle la supporte, qu'elle s'y condamne et en fait sa fin. Mariage, etc.

Une merveille de l'Orient c'est le vice vertueux; la noblesse du vice; son naturel. La vertu intense court les rues. Cela explique le respect du poète. Le poète : *Number One.*

Comment craindrait-on l'exactitude du poète dans un monde où le moindre détail de vêtement, d'hygiène, de coupe de cheveux, relève d'une syntaxe. Un poète respire, enfin, dans une ville orientale. Tout y est cortège; en ordre et fou.

PUISSANCES OCCULTES

Dans le salon où les passagers attendent, le passeport à la main, Victor Sassoon me dit : « Il paraît que vous écrivez sur nous tous des choses très amusantes. » Je suis obligé de lui répondre la vérité, à savoir que je ne tiens pas de journal et que mes lecteurs de Paris-Soir exigent des articles qui débordent le cadre d'une chronique mondaine.

J'aimerais lui répondre en outre : « S'il m'arrivait d'écrire sur Victor Sassoon, ce ne serait certes pas des choses amusantes, mais passionnantes, car ce personnage considérable qui semble animé par quelque vengeance, qui manœuvre la Chine comme une Rolls Royce, dont la canne (il boite par suite d'une blessure de guerre) découvre des trésors et dont l'œil calcule derrière un monocle de glace, mérite beaucoup mieux que les simples notes d'une chronique mondaine. »

Après la figure de Charlie Chaplin, que je mets à part, celle de Victor Sassoon se détache en haut-relief sur le panorama de notre voyage.

Les hommes du vieux et du nouveau monde sont joués au poker par une bande inaccessible et tirant sa puissance d'être inconnue. Une force nommée (fût-elle la foudre) est déjà une force affaiblie. Je suis maintenant certain qu'il existe des puissances occultes, des *Rois du Monde*. Mais la vraie politique est comme le vrai amour. Elle se cache. La franc-maçonnerie serait peu de chose à côté de cette organisation secrète que je soupçonne. J'ai découvert ses traces partout.

HONOLULU, 29 MAI

Honolulu, c'est Honolulu. Impossible de ressembler plus à l'idée qu'on se forme de cette île au nom joyeux. Une statue du roi Kamehaweha, noir et drapé de plumages d'or, ouvre le bal. Le bal se donne dans un jardin : plaine et montagnes. Le costume se compose d'un collier et d'une couronne de grosses fleurs qui parfument. Au bord des vagues, des baigneurs fleuris se prélassent. Sur les vagues, les « gigolos des mers » glissent, se cabrent, chevauchent et dressent des coursiers d'écume. Ces jeunes tritons, le visage écrasé, le corps sombre et svelte, coiffés d'une couronne rose qu'ils manœuvrent comme le chapeau mou du souteneur — quelques-uns arborent la couronne autour du chapeau — ont perdu leur innocence primitive. Ils enseignent leurs jeux à des Américaines et ces leçons de voltige maritime s'achèvent parfois dans la tragédie. Le préjugé des races a de curieuses limites. Ces limites ne trompent plus la jeunesse de Hawaï. Les « gigolos des mers » savent fort bien de quoi il en retourne. L'art des *mises en l'air* n'a plus de secret pour eux. Ils savent de quelles armes ils disposent et que le Yukalele peut être mortel.

À Honolulu, la beauté des êtres, des plantes, des arbres, des fruits, des fleurs, des oiseaux est une beauté molle. Le chapeau mou surmonte un visage mou. Épaules molles, molles hanches. Des poses molles alanguissent ces athlètes nonchalants.

Molles pelouses, molles collines, courbes de hamacs et molles brises qui roulent des parfums langoureux.

Un orchestre et des choristes noirs accueillent le COOLIDGE. Je retrouve la Honolulu que je connais. Celle de l'apothéose des Folies Bergère. Toutes nos escales nous apprennent que les pièces à grand spectacle ne mentent pas. L'escale de Honolulu est courte. Une promenade à travers ce vaste jardin où filles et garçons tressent des guirlandes. Honolulu ne réserve pas d'autres surprises. L'île n'a de malice que son sourire. Elle le décoche avec une science extrême. On résiste mal à ses mélanges de lune et de soleil.

Honolulu. Des voix à la tierce qui montent, qui se croisent, qui alternent, qui se cherchent, qui se trouvent, qui s'abandonnent, qui enroulent à l'âme des boas de fleurs. Une chorale de patronage. Je me demande quel est le point où cette île presque écœurante trouve son expression parfaite. Je me le demande en regardant le COOLIDGE à travers des terrains vagues d'hibiscus sauvages, des cartes postales en couleurs. Est-ce la jeune Hawaïenne en jupe de paille qui l'exprime le mieux, ou le voyou, sa couronne sur vagues d'hibiscus sauvages, des cartes postales en l'œil. Est-ce la mangue et sa chair molle?

Aux carrefours, le policeman se livre à la seule pantomime violente de l'île. On dirait qu'il admoneste et boxe un fantôme.

J'ai trouvé. C'est par le poisson-ballon que Honolulu s'exprime. Honolulu c'est le vrai nom que mérite ce prince de lune, le prince de cette mer où bondissent les gigolos. Poisson léger, énorme, terrible de douceur et de familiarité molle. Gris pâle, bleu pâle, rose pâle, mauve pâle, moucheté des pâles taches blanches d'une gorge malade, il approche sa face pâle, ses gros yeux noirs qui brillent, ses lèvres enfarinées d'excentrique nègre. Si aisément se meut cette masse lourde qu'on croirait un sac de papier de soie et qu'il flotte gonflé d'air sur quelque maison japonaise. Il vous fascine. On s'éloigne du vivier; on y retourne. On interroge cette carpe déformée par des loupes, ce spectre des profondeurs, cette mongolfière des eaux.

Le COOLIDGE part à dix heures. A dix heures moins le quart un orchestre de cirque éclate. Il joue la valse du numéro de trapèze. Les étages du quai, en face des étages de nos cabines, s'emplissent d'une foule à colliers de fleurs. C'est naïf et théâtral, cette muraille de loges où le public agite des mouchoirs. Le COOLIDGE s'enfonce dans les coulisses de la nuit. Sa sirène profonde couvre l'orchestre. Déjà le xylophone du dîner promène ses arpèges. Toute cette mise en scène et les ancres qu'on remonte, et le tumulte des adieux et un chœur hawaïen qui alterne avec des cuivres, c'est à ne pas croire ! Le Châtelet avait raison. Il nous promettait un avenir féerique et il a tenu ses promesses. Notre voyage, j'y assiste de ce fauteuil de balcon où j'ai vu la pièce de Jules Verne. Le rêve dont elle enivrait notre jeune âge, la réalité nous apporte la preuve qu'il existe et que les rampes et les soleils éclairent le même monde, pourvu qu'on l'aborde avec des yeux et des oreilles d'enfant.

31 MAI

Je reçois un radiogramme de l'agent consulaire français de Honolulu : « *J'apprends par journal votre passage hier. Navré vous avoir manqué. Ne vous souvenez-vous pas de moi lors production* Orphée. *Aurais tant voulu vous faire connaître non seulement foyer culture française où vous êtes tellement admiré, mais milieux indigènes ordinairement inaccessibles aux étrangers, etc.* — Pecker. »

Encore une fois notre méthode anonyme nous a privés de voir des amis. Sans doute mon article aurait été tout autre. Mais l'escale était trop courte. Le style n'était donc pas d'approfondir. J'ai laissé Chaplin, Paulette, tenus en laisse par les fleurs de la colonie américaine. Je me suis caché jusqu'à leur départ et, après le lunch à bord, je me suis promené dans Honolulu, en cachette. Je présente mes excuses et mes regrets à Pecker. Il peut, du reste, préparer ma prochaine visite. Je reviendrai.

Je veux revoir les branches qui portent du feu, les haies d'hibiscus écarlates, les arbres vernis si lourds que des montants de tente les soutiennent, les filles qui tressent des couronnes et les garçons qui courent sur les vagues ; je veux revoir les poissons de lune. Je veux entendre l'orchestre en uniformes blancs et les choristes nègres recevoir le navire qui stoppe sur une mer de sirop.

Le départ doit être déchirant après que les liens fleuris ont eu prise sur votre cœur. Une mouche n'aurait pas plus de peine à se dépêtrer des confitures. Alors, j'imagine ces chants qui s'éloignent et, ensuite, le navire qui défile devant Honolulu nocturne, son horloge lumineuse, son aigrette rouge, ses diamants.

La mère de Paulette a laissé dans ma cabine un sautoir d'œillets cramoisis, accroché à la cage de Microbus. Ce matin, Microbus est ivre. Il trébuche sur ses échasses. Il porte ses antennes de travers. Encore une victime de Honolulu.

Car j'oubliais le principal : Honolulu est l'île des suicides. Les jeunes gens y mènent une vie trop douce. Ils se tuent pour un oui et surtout pour un non. La morphine du climat leur ôte la force de réagir. La statistique constate un nombre incroyable de morts violentes. Suicides et crimes. Le crime est presque toujours un acte superficiel, un réflexe qui ne se contrôle pas. Les parfums exaltent ces dormeurs que le moindre choc réveille. Et des guêpes s'entre-tuent dans un pot de miel, et des mouches engluées s'achèvent.

Héliogabale étouffait ses convives sous les fleurs. C'est à une fête de ce genre que Honolulu nous invite.

Le dernier jour de COOLIDGE. Le cri-cri chante à se faire éclater le cœur. On rencontre des dames dans des tenues de voyage qui les rendent méconnaissables. Charlie Chaplin fait la même tête que moi, une pauvre tête d'enfant au bord des larmes. C'est la fin d'une intimité très douce. Chaplin rentre à Los Angeles, je rentre à Paris. Mais chacun sait maintenant que l'autre existe, ce qu'il pense, et déclare Charlie : « cela est bon ».

Passeports. Photographes. Douane. Hôtel Saint-Francis.

Comme le vol ne nous est interdit que dans la mesure où il nous ferait tricher, rattraper du temps perdu, et que l'avion entre Los Angeles et New York ne change rien à nos dates, nous décidons de voler demain. C'est une expérience nouvelle, et un jour de plus à New York.

SAN FRANCISCO, LA NUIT

San Francisco la nuit est la ville la plus belle du monde. Un jeune Américain nous emmène dans sa Ford. Je ne m'étonne plus que les voitures américaines sachent grimper nos petites côtes de France. San Francisco est un manège de montagnes russes. Des rues larges, puissantes, à pic. Et de l'autre côté elles s'inclinent avec la violence des toboggans qui arrivent dans l'eau. Le cœur s'arrête, palpite, s'exalte. Déjà l'ascenseur de l'hôtel nous l'avait coupé en deux, mollement, comme le fil de métal coupe la motte de beurre. Et tout ce vertige de rues qui se cabrent et de rues qui plongent, tout ce défilé de zones chinoises et italiennes, tous ces dancings, tous ces entrepôts où s'empilent des rames blondes de bois de sequoia, tous ces terrains vagues et tous ces immeubles dont les assises en pointe soutiennent des forteresses et des cathédrales, toutes ces façades sillonnées par l'éclair des escaliers de secours, tout ce château de cartes fabuleux, se terminent par Telegraph Hill, une esplanade, entourée de balustres et qui porte le nom de Coït. *Coït memorial Tower.* Ne riez pas. Il n'y a pas de quoi rire. Le nom résulte d'une coïncidence. Les demoiselles de San Francisco n'y montent pas moins en pèlerinage. Au centre de l'esplanade une tour orgueilleuse se découpe sur le ciel. Ciel cosmique de cuivre, de feu, de planètes qui apparaissent et disparaissent derrière des nuages rapides. Feux roses, feux rouges, feux d'absinthe, nuages légers qui sont une haute escadre et nuages lourds qui se laissent choir entre les immeubles et forment une mer bleuâtre de vapeurs d'où émergent des paquebots illuminés à la dérive et des bâtiments qui sombrent. Et le panorama tourne, change. De surchargé, embrouillé, entassé, crénelé, échelonné, féodal qu'il était il devient la vaste baie nocturne au bout de laquelle le Golden Gate Bridge, le pont suspendu, traverse le vide avec l'audace exquise d'un fil de la vierge.

Au fond, Berkeley, une ville en face de la ville, une graine de lumières jetées d'un crible et à toute volée sur le rivage.

Entre Berkeley et les docks : Alcatraz Island, la prison fédérale, Sainte-Hélène d'Al Capone.

Il fait presque froid. Des voitures surgissent du gouffre noir, décrivent un demi-cercle et stoppent. Leurs phares sortent de l'ombre le phare sans foyer qui se dresse. Des femmes descendent, s'accoudent au parapet et songent. Elles peuvent prier le dieu Pan. Ce décor panique, printanier, empoigne le cœur et les sens. Une atmosphère religieuse écarte de *Coït memorial Tower* toute idée grivoise. L'âme la plus mal faite serait, je crois, sensible aux forces mystérieuses qui escaladent cette montagne sacrée.

Un ferry-boat traverse la baie. C'est un casino qui glisse de droite à gauche et trace derrière lui une longue ligne phosphorescente.

Le cortège des nuages cache et découvre la lune. L'édifice mâle domine San Francisco.

Nous revenons en escaladant des dos d'âne, des garde-fous, des marches, steeple-chase et prouesses automobiles qui ravissent notre conducteur. Le scenic-railway des rues nous jette en face d'une suite de bars ouverts où les pêcheurs servent sur le zinc le crabe-cocktail, vendent des crevettes de la taille d'un pouce dans des coquillages dont la nacre concentre les irisations intenses des verres de Chypre. Poissons, crevettes, crabes, huîtres, moules, palourdes, corail, je retrouve la jungle de Singapore, mais cette fois une jungle sous-marine qui éclate en odeurs et en couleurs.

Passepartout veut visiter les dancings monstres : Deauville, Tabarin, le Lido, dont les enseignes sont calligraphiées en tubes de lumière pâle. Je refuse de le suivre. Demain matin notre vice-consul vient nous chercher entre sept et huit pour visiter la ville et je veux dormir, emporter dans le rêve l'usine à beauté, cette ville de fièvre où les ascenseurs s'élancent comme le mercure des thermomètres, où le dieu Pan domine les bâtisses et la mer.

SAN FRANCISCO, LE JOUR

A 7 heures et demie le vice-consul s'annonce. Nous nous habillons en hâte et partons à la recherche des spectres grandioses de cette nuit. Les collines où le Colden Gate Bridge plante son dernier pilier rouge de minium (il est dommage que ce soit une couche provisoire) ne nous déçoivent pas. Tacheté d'ombre, leur pelage de velours mélange les teintes d'un arc-en-ciel. On dirait que le pinceau qui a peint le métal du pont et la mer s'est essuyé, essayé sur leurs pentes. L'esplanade embrasse la baie sublime et les deux ponts suspendus qui la limitent. Mais, hélas, San Francisco gagne à être visitée la nuit. Le jour ses rues, qui sont des murailles de forteresse et où les voitures qui tournent risquent de basculer et de rouler en bas, conservent une puissance dramatique, mais les immeubles la perdent. Leur style c'est celui des magasins de plâtres artistiques du quartier Notre-Dame. Gargouilles de fausse pierre, faunes de faux bronze, masques de Beethoven et bustes d'Antinoüs de faux ivoire, diables, gnomes, reîtres, truands de faux bois.

Le tremblement de terre de 1906 a laissé le champ libre à l'imagination des architectes espagnols et parisiens d'après le modern-style et le gothique de Robida, tempéré par le dix-huitième siècle de la Côte d'Azur. Un terrible mic-mac de la Tour Eiffel, de Notre-Dame, de Trianon et de Monte-Carlo.

Les gratte-ciel économisent une place que le terrain offre partout avec abondance. Ce terrain, la zone militaire, les pelouses derrière les voiles d'arrosage, les fleurs délicates qui bordent les routes, nous mènent à la pointe où les lions de mer couvrent deux rochers de grosses limaces jaunes.

Ensuite, c'est le Beach. Bakers Beach. China Beach. Neptune Beach, une plage infinie de sable et de vagues qui se déroulent et se bavent les unes sur les autres. Et partout une vapeur de perle (San Francisco baigne presque toujours dans la brume) qui donne aux bleus, aux mauves de la mer, aux beiges du sable, les délicatesses qui firent de Dieppe la ville des peintres impressionnistes.

Mais la mer, je le répète, c'est la jungle d'ici. La ressemblance dieppoise est toute de surface. Ramassez des coquillages à l'aube, mangez des moules glaciales, baignez-vous. A la dimension des moules, à la perle en puissance qui oriente les coquillages, à je ne sais quoi de monstrueux et d'effrayant qui exalte les couleurs et les formes, on reconnaît la jungle, on devine les tigres et les cobras, je veux dire les requins et les pieuvres, qui guettent le nageur inattentif.

A San Francisco, dès la deuxième génération, une famille chinoise devient blonde et une famille japonaise augmente de dix centimètres.

A Singapore et à San Francisco la serre chaude et ses phénomènes montrent le bout de l'oreille.

PASSAGE À HOLLYWOOD

Charlie et Paulette regagnent Los Angeles par étapes, en automobile. Nous y serons avant et nous partirons trop vite pour les revoir. Du reste, ce serait recommencer l'opération des adieux.

Ils nous conseillent de voir King Vidor, car je ne voudrais pas faire une visite officielle à Hollywood.

Nos départs sont toujours une bousculade. L'avion nous attendait. J'y monte, le cri-cri à la main. C'est le baptême de l'air de Passepartout et sans doute de Microbus qui saute plutôt qu'il ne vole.

L'appareil s'arrache et monte par couches. Il se stabilise au-dessus d'une terre qui a perdu toute expression humaine et nous offre le spectacle géographique, inhumain, des cartes en relief. De temps en temps elle se cache sous des nuages, montagnes molles d'albâtre translucide, troupes de buffles qui chargent l'appareil et s'évanouissent comme les lions et les châteaux des chevaliers du Graal.

Microbus s'agite. L'appareil se balance et l'hélice gauche, invisible, pulvérise de ses moulinets les manoirs et les forteresses de neige.

Nous avons décollé à midi. A deux heures, l'appareil se pose sans secousses à Los Angeles.

Entre Los Angeles et Hollywood, Passepartout lâche Microbus et le lance dans l'herbe de Californie. Il ne pouvait s'habituer à le voir mourir sur l'Île-de-France. Cher Microbus, criquet célèbre, va courir ta chance à Los Angeles. Passepartout t'a lancé, non loin d'un décor du Far West que des ouvriers bâtissent. Un criquet joue bien un rôle dans le prochain film de Charlie. Peut-être un metteur en scène te ramassera-t-il, peut-être te reverrai-je et te réentendrai-je à l'écran. Je reconnaîtrai tes antennes et surtout je reconnaîtrai ta voix entre mille.

A Hollywood, King Vidor nous accueille en nous demandant de tes nouvelles [1].

Il tourne le film type de Hollywood. Un ranch de cow-boys. Je lui parle de Hallelujah, de notre émotion à Paris, un matin, au cinéma de la Madeleine. Paul Morand nous apportait le film tout chaud. Je me rappelle le relief des premiers bruits rares et dramatiques. Ces deux hommes qui se poursuivent dans les marécages...

King Vidor achève son travail et nous sortons ensemble à travers des chambres et des vestibules d'hôtel louche à Shanghaï. C'est un autre film avec Gary Cooper. Et ces chambres chinoises sont si vraies, si poignantes, que nous revenons vingt jours en arrière et que notre cœur se met en boule.

Pourquoi notre cœur se met-il en boule ?

Parce que nous regagnons les villes mortes et le faux luxe et le faux confort et la fausse élégance occidentale

---

1. Chaplin lui avait téléphoné tous les détails du voyage.

après avoir goûté le vrai luxe et le vrai confort et la vraie élégance de l'Orient. Bombay, Rangoon, Penang, Hong-Kong, rues de l'Inde et de la Chine, où le peuple n'a jamais l'air de travailler, où les êtres les plus beaux et les plus singuliers du monde, — les Sikhs entre autres — semblent des demi-dieux ayant le temps, toujours le temps, flânent, mangent, dorment, s'asseyent entre leurs jambes superbes, exhibent des chairs d'or massif sous des linges drapés avec génie et des loques de soie, où le pétase et les sandales de Mercure donnent au moindre coolie une démarche ailée, où les magasins et les immeubles ouvrent sur le trottoir des théâtres aux décors et aux éclairages poétiques.

En échange d'un sou la Chine vous offre une botte de gardénias dans une corbeille de vannerie légère. Pour les âmes pauvres un gardénia cesse d'être du luxe parce qu'il ne coûte rien. Pour les âmes riches, le gardénia reste le même. Cette botte de gardénias, c'est le luxe. Nous sommes loin de la camelote coûteuse qui déshonore l'Europe. En Chine, il suffit d'avoir l'âme riche pour être riche.

Hollywood et ses petits chalets en haut des pelouses et ses longues avenues de palmes nous consolent un peu, et nous apprenons à découvrir de loin ce Paris presque aussi baroque et aussi vieux que les villes orientales. Charme difficile à peindre qui nous frappe ce soir à travers Lubitsch, l'homme qui exploite le mieux Paris et son fumier d'or. Marlène Dietrich, Gary Cooper se meuvent dans une atmosphère de cartes postales gauloises, de films pornographiques, sans l'ombre d'une scène pornographique ou gauloise. Le film étincelant, cocasse, noble, absurde, ne profite que d'une certaine violence dont les images qui se vendent en cachette place de la Concorde et les premiers films des frères Lumière gardent le privilège. Lubitsch emploie génialement cette beauté brute que reflètent, outre les anciens films de Chaplin, son OPINION PUBLIQUE, LA RUÉE VERS L'OR, UNE VIE DE CHIEN, LE KID, CITY LIGHTS et MODERN TIMES.

DÉSIR, bien qu'il ne ressemble pas à PARADE D'AMOUR, est, au même titre, que PARADE D'AMOUR, un chef-d'œuvre.

Nous eûmes la chance d'y assister à Hollywood, capitale du cinématographe, dans une salle gigantesque et sur un écran qui fait des acteurs de véritables statues vivantes et parlantes.

Dans les avenues, la nuit, on longe des terrains de golf éclairés par des projecteurs. Des spécialistes s'y perfectionnent. Les drives envoient des balles phosphorescentes qui jonchent les pelouses sombres comme la naphtaline une fourrure.

Après le film, des taximètres jaunes, dont la Compagnie distribue les meilleurs orchestres par l'entremise des meilleurs microphones, vous conduisent au Trocadéro, dancing des vedettes. Vestibule orné d'agrandissements de vues de Paris du style Lubitsch. Lampes basses. Pénombre. Piste où les hommes dansent cassés en deux sur de petites dames à boucles de Carpaccio, à feutres minuscules, à manches bouffantes, à jupes étroites et longues.

Les femmes ne sont plus très loin des silhouettes de Beardsley pour le YELLOW BOOK.

7 JUIN. — LE VOL DE JOUR. — LE GRAND CANYON. — WICHITA.

Départ de Los Angeles à neuf heures. La porte de métal se ferme et l'appareil décolle. J'ai la dernière place à gauche. Je vois l'aile d'aluminium, la petite ampoule rouge d'électricité, les lettres T. W. A. de la Lindbergh line, et la déshumanisation, la grande solitude, le phénomène qui nous fait croire les mondes inhabités, commence. La terre se déshumanise. L'homme disparaît d'abord. Les bêtes ensuite. Ensuite les automobiles. De la pauvre terre qui nous exige il ne reste plus que les maisons, que les toits. Des maisons vides après je ne sais quel cataclysme. Et les lignes droites, les rectangles, les triangles, les losanges, les carpettes et les dalles, œuvres de l'homme, et les veines, les artères, les méandres, les courbes, les vrilles, les boucles, les volutes, les zébrures, œuvres du vent et de l'eau.

Nous survolons maintenant un désert de sable quadrillé de routes pâles interminables, qui conduisent à des groupes de trois ou quatre bâtisses, et là-bas s'étale un lac de poudre blanche. Déjà, de la hauteur où je vole, pour un passager qui ne saurait pas ce qu'il regarde, tout prend cette apparence de désastre, de terreur et d'énigme des photographies de la lune, de Saturne et de Mars. Et toujours ces velours, ces taches d'un pelage animal dès que la végétation apparaît.

Mais allez donc compromettre la diversité des couleurs en relief dont notre terre est la palette. Ce qui est clair c'est que le désordre de ce chaos est fait d'ordres minutieux et qu'il n'existe pas un accident de terrain, pas une teinte qui ne répondent à des chimies organiques, lentes et profondes. Une intelligence, une volonté tracent les moindres rides, les gaufrages les plus fins. On est ému par la vie presque tendre qui s'organise coûte que coûte sur tous les points du globe, et notre entreprise n'eût pas été complète sans ce coup d'œil sur la peau et le poil de l'univers. En outre, ce qui nous frappe, c'est que rien ne s'embrouille et qu'un film accéléré de ce travail du sol, pareil aux films de la vie des plantes, nous montrerait une étoffe dont les innombrables fils ruissellent, s'enroulent, se nouent, se dénouent, se nattent, s'entrecroisent et se tissent, et que les montagnes sont formées de fleuves durs qui se compénètrent, se passent les uns à travers les autres, les uns par-dessus et par-dessous les autres et ne se mélangent jamais.

Maintenant l'appareil survole un désert sillonné de figures géométriques d'une complication sans pareille et que jalonnent çà et là des massifs rocheux ayant les assises stratifiées, la solitude et les contours du Sphinx.

« L'homme est culotté », déclare Passepartout. Il a raison. On se demande par quel prodige ces deux fins couteaux qui découpent les nuages, par quel miracle d'équilibre ces deux ailes délicates transportent notre wagon et ses quatorze couchettes, ses pilotes et son personnel.

Et voici que l'aile gauche découvre peu à peu la coquille debout du Grand Canyon, l'écluse entre la rivière du Colorado et le Boulder Lake — lac du bleu des piscines de faïence.

Par endroits cette crème d'azur se creuse d'entonnoirs laiteux qui, de près, ne doivent pas en troubler la surface. L'appareil cahote. Ces trous d'air sont le pavé du roi. La vieille route que Henri III et Richelieu parcouraient, portés à main d'hommes. L'aviation en est encore au carrosse, aux nausées, au pot de chambre de la Grande Mademoiselle.

> *Et pour une forêt profonde je prenais*
> *les bruyères de la prairie*
>
> (CAP DE BONNE-ESPÉRANCE.)

Cette fois ce sont des forêts profondes que je survole ; elles imitent des prairies pelées, des touffes de genêts et de bruyères. À droite et à gauche les cercles de l'enfer du Dante, gardés par les sphinx rouges, superposent des amphithéâtres de terre cuite, des gradins solennels. Au fond de ces enfers où des dragons pétrifiés se convulsent, le Styx serpente. Dante et Virgile eussent fort à faire de se percher sur tous ces gouffres.

Longue halte. J'ai été malade. Spasmes. Tympans bouchés, etc. J'ai dormi. Je m'éveille.

Cette fois ce sont les ranches, un capiton vert sans fin peigné, ratissé, séparé en rectangles par les routes. Le bétail reste invisible. Mais ces arbres doivent être énormes pour qu'on les reconnaisse et qu'on ne les prenne pas pour des herbes.

Les dalles vertes s'irisent d'éclats comme les cristaux sur les miroirs travaillés aux sels et à la bière, contre les mouches. Les labours enchevêtrent des calligraphies de chevelures, des ferronneries savantes, des paraphes inimitables. Le soleil baisse, allonge les ombres d'arbres et rend ce paysage à vol d'oiseau moins implacable, plus lisible, plus agricole. Nous descendons vers Wichita et tout se présente sous l'angle visuel qu'on aurait d'une colline. L'appareil rase des cultures riches, des routes, se pose sur son ombre et roule à toute vitesse sur un terrain d'atterrissage d'herbe qui embaume et de drapeaux rouges.

6 heures moins 10. — L'appareil décolle dans un crépuscule qui passe par tous les roses et tous les jaunes d'un mauvais pansement.

Le vol de nuit débute.

LE VOL DE NUIT

Il est salubre de reculer toujours les limites du mystère. Les nuages et la foudre en fournissaient à bon compte et des Walhalla plus subtils et plus terribles s'ouvrent à l'imagination du voyageur qui peut prendre d'une ville à l'autre le chemin des Walkyries.

Ce vol magnifique nous élargira les zones de la nature, nous agrandira son cadre, mais ne le débordera jamais. Le sommeil qui m'a empêché de voir les sources de pétrole me conduisait dans des zones mille fois plus singulières, me propose plus d'énigmes que ce vol nocturne. Cependant, s'il nous prouve que les cavalcades de Wagner et les sabbats de Goethe doivent se chercher autre part, il n'en reste pas moins que ce spectacle s'ajoute en première ligne à ceux que nous récoltâmes autour du monde.

Hausser les épaules en face de l'Acropole, du Sphinx, etc., c'est une attitude d'esthète, un snobisme auquel je me refuse. Je préfère celui qui consiste à louer ces vieux spectacles dont la mise au point fut l'œuvre patiente d'un grand nombre d'esprits rebelles, et de chercher à les louer sous un angle neuf.

L'orage, les nuages, c'est un vieux spectacle renouvelé par le fait que l'insecte, à l'intérieur duquel nous sommes, le voit de près. À droite, derrière une chaîne de nuages obscurs des espaliers électriques occupent le ciel du bas en haut.

À gauche, des troupes de nuages déambulent paresseusement et nous séparent de la terre. Lorsqu'elle se découvre elle ajoute des astres aux astres du ciel, des ténèbres à ses ténèbres, et Passepartout appelle les phares des automobiles invisibles : des comètes qui avancent à reculons.

Quelquefois les nuages s'étendent partout. On dirait alors de l'eau savonneuse, de la mousse qui floconne et que les éclairs rendent translucide. Lorsque les éclairs cessent (ce qui est rare) et que la lune se lève, cette ouate innombrable devient solide, épaisse, et notre appareil écarte les neiges et les icebergs du pôle.

Nos oreilles sourdes craquent et s'ouvrent. Le vacarme des hélices s'y précipite et devient une rumeur lointaine si l'altitude nous les rebouche.

Des voyageurs dorment. Des voyageurs lisent. La stewardesse se glisse entre les sièges, surveille dormeurs et liseurs, insensibles aux magnificences que l'électricité du ciel machine autour de nous. Car le spectacle est ininterrompu de ces vitres d'herbier aplatissant toute une pâle végétation lumineuse et celui des nuages qui distraient le Prince André de ses rêves de gloire et dont le cortège glorieux nous enveloppe.

Passepartout me raconte que, pendant mon sommeil, on survolait des aigles, on descendait jusqu'à deviner une galopade de fourmis rouges : les poneys des Sioux. « *Les Sioux qui décrochent la locomotive* »... « *Le pont qui s'écroule* ». « *Le traîneau à voiles* »... Jules Verne ignorait le bled indien. Ses quatre-vingts jours deviennent une farce dès qu'on observe ce désert torturé, ces fleuves immobiles, ces chaînes de montagnes, à vol d'oiseau.

Des endroits où se placent le duel avec le colonel Proctor et la recherche de Passepartout, je rapporte des mocassins brodés de perles et des ceintures aux tuniques ornées de scalps.

Sommeil. Aube. Je voudrais que le vol se prolonge. Le réveil à 5 heures du matin, c'est celui du collège — les mauvais souvenirs d'enfance. Chaque fois que j'entrouvre un œil, c'est pour voir des apothéoses. Avant que le soleil se lève, il y avait, loin des mocassins brodés de perles et des ceintures qui témoignent de la taille impressionnante des grands chefs aux tuniques fourrées de scalps.

L'appareil roule et s'arrête. Il faut passer de notre fauteuil à l'omnibus qui conduira les élèves, que dis-je ? les passagers, aux hôtels de New York. L'omnibus quitte le champ d'aviation, longe des zones de gazomètres, des boîtes à ordures immenses, des poubelles gigantesques, un paysage de ferraille, d'usines, de ponts. L'interminable tunnel de porcelaine qui passe sous le fleuve et la voiture débouche en pleine cité.

NEW YORK. — RADIO-CITY. — BROADWAY, AU SOIR QUI TOMBE. — LE FUMIER DE NEW YORK. — HARLEM.

L'Ambassador Hôtel. De notre fenêtre, Madison Avenue, c'est Venise, le Grand Canal bordé de palais où les rares voitures du dimanche glissent comme des gondoles.

Au premier contact, New York cesse d'être la cité écrasante que je redoute. Les gratte-ciel ont la raideur légère de rideaux de tulle. Un air vif les traverse, les environne et circule entre les façades.

J'ai dû dire aux journalistes que New York était une ville de tulle et qu'on n'y respire aucune poussière morale. Ils comprennent à moitié. Ils traduisent : « *Le poète trouve que New York porte une robe de femme.* » Je n'ai jamais prononcé cette phrase absurde, mais si je l'avais dite, j'irais jusqu'au bout et j'ajouterais : « Puisque votre ville est en proie à la mode du déshabillage, après quatre jours la robe tombe et il reste un Rubens, une statue de la liberté toute nue, jeune, opulente et qui troublerait nos militaires. »

La visite à Radio-City nous lance au sommet de

l'immeuble. On y déjeune. De la terrasse, on domine le parc, les gratte-ciel et le fleuve.

New York, c'est un jardin de pierre. Des plantes de pierre élancent des tiges plus ou moins hautes et ces tiges, au sommet, fleurissent. Pelouses, plates-bandes, jeux, chaises longues, bains de soleil, parasols multicolores couronnent ces tours grises de Notre-Dame, tours forcées, arrosées, ensoleillées d'une jungle où cathédrales et temples grecs se tiennent en équilibre sur des échasses.

Radio-City est un immeuble et une ville dans la ville. Je le visite en vitesse, car je devine que New York me réserve des surprises plus révélatrices. Radio-City, après l'Acropole, après les Tours de Silence, après le Sphinx, offre au touriste l'image exacte qu'il attendait, le type des lieux communs que traverse notre route et dont se compose le collier du *Tour du Monde*.

Les ascenseurs jaillissent, descendent comme la sève de ces tiges de soixante étages. Si vite s'ouvrent et se ferment les portes que notre groupe se trouve parfois coupé en deux, et qu'il devient ensuite difficile de se rejoindre. Mon guide me demande : « N'avez-vous pas rêvé, enfant, d'une maison où les choses marcheraient magiquement et qui ressemblerait à Radio-City ? » — « Non. J'ai rêvé des merveilles de Monsieur le Vent et Madame la Pluie, d'un théâtre de poche où agissent des acteurs minuscules, d'une boîte où se trouve enfermé un rayon de soleil. Mais suivre le graphique lumineux de ma voix, regarder derrière une vitre, d'une loge qui est un aquarium, un orchestre qui joue et qu'on n'entend pas et entendre cet orchestre dans une chambre vide, crier dans des tubes qui augmentent les cris et dans des tubes qui les étouffent, voir comment on imite le cheval qui galope et les troupes qui défilent, mon imagination d'enfant allait plus loin, je l'avoue, et la science, qui compte ses pattes, aurait de la peine à me suivre. Aucune Gauche n'est assez gauche pour le poète, aucune découverte ne capte ses songes, et si une coupe du vide dénonce un silence encombré de musiques, combien de coupes restent à découvrir qui sortiraient de l'inconnu les mondes qui le peuplent et qui nous entourent. »

Je vous pose ce simple problème : un saucisson peut-il avoir le goût du saucisson coupé en tranches et le perdre coupé dans le sens de la longueur ? C'est pourtant ce qui se passe avec la gerbe de rayons du cinématographe. Coupez-la en tranches de plus en plus vastes et l'image de plus en plus vaste apparaît. Coupez-la dans le sens de la longueur. L'image existe, mais notre regard cesse de la comprendre.

Une méditation sur toutes ces énigmes laisse loin derrière elle les quelques prodiges domestiques de Radio-City.

Un fruit nouveau que j'ai mangé à Rangoon et que je n'ai jamais retrouvé ailleurs, m'apporte plus que ces machines qui perfectionnent un vieux miracle. La nourriture reste la même. Il ne s'agit que de multiplier, simplifier, compliquer, embellir les cuisines. Je visite cuisines sur cuisines, offices sur offices, caves sur caves, salle à manger sur salle à manger, mais je reste sur ma faim et sur ma soif.

Dans le jeu d'orgue du théâtre où le chef électricien me démontre le mécanisme des manettes, je louche vers le film qui se déroule et j'essaye de manger et de boire un peu. Certes, les scènes tournantes, les décors, les orchestres qu'on transporte comme un maître d'hôtel transporte des pièces montées, certes les éclairages et la foule des girls m'excitent et me tentent. Mais qu'en ferai-je ? PHÈDRE triomphe avec de vieilles actrices et de pauvres décors, et je m'arrangerais mieux d'une équipe joyeuse de machinistes.

Trop de luxe tue la création et nous accable de je ne sais quelle mélancolie. Je quitte *Radio-City* gavé de vide.

Il faut être juste. De toutes ces formes utiles, de toutes ces matières et architectures qui servent, se dégage une beauté réelle — une beauté qui apparente le gratte-ciel Rockfeller aux Pyramides, aux Tours de Silence, à l'Acropole. Sauf quelques décorations libres qui gâtent le style, Radio-City est un chef-d'œuvre de ces MODERN TIMES que Chaplin plaisante. Dans la rue, j'évoque sa petite personne et le désordre qu'elle oppose à cet ordre glacé propre et souverain.

J'aime le fumier des villes. Le tas de fumier de Paris attire un Picasso, un Stravinski et tous ceux qui savent que les fleurs de l'art ne peuvent pousser dans le nickel et le cristal. Je cherche le fumier de New York et je vais le trouver vite, ce fumier d'or sans lequel les sky-scrapers n'élèveraient pas vers le soleil les pelouses et les parasols de leurs cimes. Une ville propre est suspendue en l'air, en bas un égout, des poubelles et des caves dégoûtantes nourrissent ce charme géométrique et le sauvent de la mort.

Une femme couverte de bijoux en robe de bal, qui rentre chez elle, maquillée et constellée à l'aurore, c'est à quoi je pense lorsque Broadway s'allume au crépuscule. Les balayeurs et les décrotteurs en gants blancs auraient fort à faire s'il fallait ôter ces gants et, à tour de bras, nettoyer cette écurie d'Augias. Il faudrait détourner le fleuve et qu'il envahisse jusqu'à ces

« lieux » publics de Times Square où les portes arrachées ne dissimulent plus les gros messieurs qui baissent culotte, lisent le journal et dont les gamins imitent les efforts en tirant la langue.

Merveille des merveilles : Broadway au soir qui tombe. Les magasins vendent une camelote de génie. Les bars automatiques empilent les richesses de Cocagne. Les fontaines de lait, de malt, d'ice-cream, de bière jaillissent des murs de marbre, et là-haut, partout, les réclames rivalisent d'ingéniosité céleste. Un Pégase ouvre les ailes, une tasse de café fume, des poissons nagent entre les algues et lancent des bulles de feu vers la nuit.

En bas, les avenues laissent échapper la vapeur du chauffage central. Elle monte de place en place et ressemble aux encensoirs d'un culte souterrain, d'un monde où *Father Divine,* le « Père Divin », le célèbre prêtre méthodiste, donnerait ses fêtes mystérieuses, les festins où il distribue aux pauvres la fortune des riches et achète aux noirs maisons de campagne et vaches, grâce aux ressources inépuisables dont New York cherche vainement à découvrir le secret.

Le fumier de New York ! Fumier juif et fumier nègre. Que les Américains l'admettent ou me contredisent, Harlem c'est la chaudière de la machine et sa jeunesse noire qui trépigne, le charbon qui l'alimente et qui imprime le mouvement.

La danse de Saint-Guy ensorcelait les foules du Moyen Âge, et son rythme fou, de malade à malade, se propageait et secouait la ville. New York éprise de cathédrales, d'orgues, de cierges, de gargouilles, de burlesques, de ménestrels, de mysticisme et de mystères, est secouée par le rythme noir. Les statistiques prouvent que quarante pour cent des naissances métisses viennent en 1936 de l'union d'une blanche et d'un noir. Jadis il ne s'agissait que des métis d'un blanc et d'une négresse.

Où donc se rencontrent noirs et blanches ? Quelle est la fièvre qui renverse l'obstacle des races et l'emporte sur le vieux réflexe défensif ? La danse. Le Lindy-Hop (Lindbergh dance) qui secoue HARLEM d'une trépidation électrique et propage ses ondes partout.

LE LINDY HOP. — SWING. — LES THÉÂTRES DE CHÔMEURS. — LES BURLESQUES.

Le Lindy Hop, qui règne depuis cinq ans, est une gavotte nègre. Il se danse au Savoy, le dancing noir de Harlem.
Une longue salle basse entourée d'une balustrade. Au milieu, la piste et l'orchestre. Autour, un promenoir, des loges et des tables où les spectateurs et les danseurs consomment des boissons naïves. Lorsque nous arrivâmes, l'orchestre jouait une valse, ou plutôt l'ombre d'une valse, ou plutôt, l'ombre de l'ombre d'une valse, une valse zombie, un motif de valse fredonné par un ivrogne sentimental, et, sur cette valse morte, les couples comme suspendus au plafond, laissaient traîner des jambes et des jupes molles, s'arrêtaient, se penchaient jusqu'à terre, la danseuse couchée sur le danseur, se redressaient lentement et reprenaient la promenade, côte à côte, la main dans la main ou face à face, sans jamais sourire. Valses et tangos sont la seule halte que s'accordent ces âmes blanches, ces somnambules secoués d'un érotisme candide et d'une ivresse rituelle. Soudain l'orchestre

ressuscite, les morts qui dansent s'éveillent de l'hypnose et le Lindy Hop les secoue.

Sur quelle herbe ont-ils marché ? Sur la marihuana, l'herbe qui se fume et qui grise. Ces grosses négresses en cheveux et ces petites filles dont la poitrine se cabre et dont pointe la croupe, le chapeau placé comme une gifle, deviennent un lasso que les noirs déroulent et enroulent à bout de bras, un boomerang qu'ils lancent et qui les frappe au cœur après avoir tournoyé dans le vide. Parfois, le visage sévère, extatique, la négresse passe sous le bras du danseur, se détache, s'éloigne, exécute un cavalier seul, parfois elle s'élance et le prend d'assaut comme une vague. Il arrive que des couples s'isolent et combinent les figures d'un quadrille plus grave qu'une partie d'échecs. Des blanches se mêlent aux couples noirs. Le vertige, la fatigue ne ralentissent jamais les jambes dont le « dope », les reefers (cigarettes de marihuana) soutiennent le rythme ininterrompu. Rythme d'une foule qui finit par n'être que son propre reflet dans de l'eau qui bouge.

À Paris on exécute le Lindy Hop, mais il y manque je ne sais quel chanvre diabolique, je ne sais quel poivre de Cayenne qui fait de ce menuet nègre une danse de Saint-Guy contagieuse, et de Harlem l'usine du dynamisme américain.

Fuyez, bouchez-vous les oreilles, essayez de rompre le charme, le taximètre qui vous emporte continue par son microphone à distribuer le rythme infernal. Et les négresses chantent et les chanteuses blanches imitent le timbre des négresses, et le taximètre vous dépose au bar Onyx, une cave où vous allez entendre les meilleurs Swings de New York.

Le Swing a remplacé le Jazz. C'est le terme nouveau

qui désigne un band noir dont la musique tourne et vous boxe l'âme.

Au bout de cette petite cave étroite se démènent, sur une estrade, les cinq nègres de l'orchestre le plus pur. C'est l'œuf cru qui deviendra l'œuf cuit et les œufs sur le plat et l'omelette aux fines herbes. Car ces ensembles s'abîment. Même un Armstrong qu'on croyait de diamant s'est laissé corrompre. Le rêve de ces Ford construites avec des ficelles et des boîtes à conserves est de devenir Rolls Royce et l'orchestre symphonique qui monte des profondeurs, les smokings blancs, les saxophones de nickel éclaboussés de lumière, seront la perte de ces vieux tambours, de ces vieilles trompettes et de ces vieux chapeaux.

Le drummer est un nègre d'origine indienne. Il roule son tonnerre et jette ses foudres, l'œil au ciel. Un couteau d'ivoire miroite entre ses lèvres. Près de lui les jeunes loustics d'une noce de campagne se disputent le microphone, s'arrachent de la bouche des lambeaux de musique saignante et s'excitent jusqu'à devenir fous et à rendre folle la clientèle qui encombre les tables. Lorsque le swing s'arrête, un roulement de caisse accompagne les acclamations et les saluts des choristes. Halte! Les tables s'écrasent contre un mur brutal de silence, et après une stupeur de catastrophe, le Swing empoigne le *Boléro* de Ravel, le déchire, le malaxe, le scalpe, l'écorche vif, entortille autour de son bâton monotone les pampres écarlates d'un tyrse vaudou.

Je sais bien que la campagne présente un écho du Building Rockfeller. Les vaches y sont traites sur une plaque tournante. De jeunes valets de ferme se relayent en face du singulier carrousel. L'un douche, l'autre torche, l'autre masse, le dernier, qui va traire, attend debout et dissimule, un peu confus, une queue de diable qui est un tabouret fixé à son fond de culotte.

Le lait tiède, virginal, se boit sur place. Mais nous connaissons les privilèges de la bouse et le rôle qu'elle joue dans la médecine des simples. Les femmes des îles y déposaient les nouveau-nés pour que seuls les nouveau-nés robustes survivent. Elle servait de cataplasme chez nos paysans du Nord. Les Chinois la mélangent aux breuvages contre la fièvre, etc.

La bouse et le fumier qui fécondent reviennent à New York par l'entremise des machines dont les excréments ne fécondent pas. Les machines suppriment la main-d'œuvre; l'ouvrier chôme; le blanc chôme, le nègre chôme, et New York invente une méthode de génie pour occuper ses chômeurs. Trente-huit théâtres d'État, trente-huit théâtres de chômeurs, d'artistes et de machinistes chômeurs, permettent des expériences que Broadway n'oserait entreprendre. Grâce à cette méthode la pièce d'Eliot, Un Meurtre dans la cathédrale, montée en risque-tout, remporte un durable triomphe. Et ce soir je verrai Macbeth interprétée par les noirs. J'aime Macbeth et j'aime les noirs. Au milieu, sans doute, un lien manque. La violence vaudou des scènes de sorcières étouffe l'intrigue du drame. Macbeth et Lady Macbeth deviennent un ménage américain où Monsieur tremble, où Madame porte culotte. L'épouvante du roi, hanté par Banco, devient la peur nègre dans un cimetière, et je déplore que le médecin n'entende pas les aveux de la reine somnambule, et qu'à ce bal qui remplace le festin, le spectre n'occupe pas le trône. Mais qu'importe! Le théâtre La Fayette joue le drame sublime qu'aucun théâtre ne joue, et le feu noir transforme la fin, toujours confuse, en un superbe ballet de ruine et de mort.

Sans ce fumier que je renifle et qui m'enchante, New York risquerait de n'avoir que des virtuoses de la machine à écrire et du téléphone. Heureusement cette notion française de New York est aussi fausse que la notion américaine de Paris. New York est la ville lente. Les voitures n'y avancent pas. Les dépêches tardent. À l'hôtel, les plombs sautent, les serrures se détraquent ; je constate avec délices que New York n'oppose pas à mon désordre un ordre inhumain.

Et du fumier de ces rues qui encensent les gratte-ciel, monstres sacrés, divinités coûteuses, naissent les Minsky's théâtres, les *Burlesques,* le spectacle inoubliable des Strip-tease.

« Strip-tease » : *Déshabilleuses tentatrices.* C'est à peu près la traduction de ce terme qui désigne les vedettes du nu. Ces vedettes gagnent jusqu'à deux mille cinq cents dollars par semaine et remplissent les Minsky's théâtres d'une foule d'hommes assoiffés d'un idéal érotique, d'un érotisme abstrait dont le vertige leur suffit. Le désir s'exalte et se brise là. Le retour de la lumière douche l'enthousiasme, la foule se disperse et nul ne sait où ces refoulements s'épanchent. J'imagine que de dignes épouses en profitent car il est impossible de se représenter à New York, une chambre close où le spectateur des *burlesques* se souvient et rêve. L'oisiveté, le loisir, le rêve n'existent pas à New York. La ville a perdu ce luxe. Cela rend le travail de l'esprit difficile, sauf en ce qui concerne le théâtre où travailler exige qu'on s'agite. À peine les dormeurs dorment-ils. Ils somnolent et le téléphone les réveille dès l'aurore.

Miss Lillian Murray est, entre toutes les « Striptease », une de celles qui possèdent le secret d'affoler le public. Chaque étoile de ce déshabillage progressif qui se termine par la nudité complète (sauf le triangle d'un timbre poste du Brésil) exécute le même programme. La différence n'existe que par les mystères, les ondes et les malices du sex-appeal.

L'une fige la salle et l'autre la déchaîne. L'une emprisonne le public dans une glace terrible, une autre met le feu aux poudres, une autre plante des flèches et des poignards. C'est le talent. Le talent exigé par n'importe quel mode d'expression et sans lequel un drogué meurt de ses drogues, une fille de la rue n'attire pas les pratiques, une beauté de Hollywood reste sans emploi.

Ce soir Miss Murray déchaîne l'enthousiasme. C'est le style flamboyant. Derrière un voile, les mains dans un manchon d'hermine orné de violettes de Parme, des femmes nues se tiennent immobiles sur un praticable en forme d'éventail.

Miss Murray traverse la proscenium de long en large. Sa démarche s'inspire de celle des mannequins. La robe qu'elle présente va peu à peu perdre une manche, une frange, une écharpe, une ceinture, son corsage, sa jupe, tout. Chaque perte exige une courte sortie en coulisse et un éclairage subtil. Une ritournelle en sourdine accompagne la réapparition de sa large face d'idole mexicaine, de sa chevelure qui se retrousse sur les épaules, de ses seins énormes, de sa croupe rose, de ses jambes robustes. La salle trépigne. Pour la septième fois elle rentre en scène et de sa robe rien ne reste. Partie de droite, elle progresse vers la gauche, d'une démarche de crabe, détourne sa figure pudiquement, hésite, s'enroule dans le rideau et disparaît.

Après elle, une jeune fille très mince entre en scène. Elle porte une longue robe blanche et danse une danse d'acrobate d'un tact exquis. L'affiche ne nous livre pas son nom et les ouvreuses l'ignorent. C'est sans doute une audition. Un essai d'une réussite qui étonne dans ce spectacle d'une indécence qui ressemble à ce qu'un provincial imagine des Folies Bergère. Pauvres Folies Bergère! Tes nus sont bien timides. Mais cette jeune fille stupéfierait entre eux. On se demanderait ce que cette fleur de gardénia vient faire dans une poubelle. À New York sa présence ne nous gêne pas. C'est que la force, la violence, *le toupet infernal* du spectacle éloignent toute idée de pourriture. Ce n'est point dans une poubelle que ce gardénia tombe. Il s'exhibe au même titre que viandes et légumes, que ces fraîches et lourdes primeurs.

Le type ambigu de la femme sportive, de la femme éphèbe, de la femme dite moderne, est un subterfuge des femmes qui luttent et se prolongent. À Marseille la femme ne compte que sur l'entité féminine. La femme règne. Peu importe si elle est laide, vieille, informe; elle ne cherche même pas à plaire. Elle est la femme et, de ce piédestal, insulte l'homme qui passe. À New York la femme « strip-tease » ne dissimule aucun artifice. La seule jeunesse peut maintenir fermes ses considérables trésors. Elle ne trompe personne et l'orgueil du sexe ne lui tient plus lieu d'appas.

Une Miss Murray s'exhibe sans gêne sur la même ligne que notre petite acrobate en robe blanche. Sa jeunesse la sauve du ridicule. Le Botticelli ne dérange pas le Rubens. C'est pourquoi des Burlesques Minsky's, on emporte un souvenir de chairs joyeuses. Malgré l'incroyable obscénité des sketches qui garnissent le spectacle, la tristesse des maisons closes et de leurs groupes artistiques ne vous accable pas. New York l'aérienne, la fraîche, l'idéaliste, mêle à ses étalages, le caoutchouc des appareils intimes, les caméras, les remèdes, le chewing-gum, les gâteaux secs, les parfums, les savonnettes et les ice-cream.

On pourrait comparer ses richesses aux chefs-d'œuvre de l'horticulture qui perdent goût et parfum au bénéfice des formes et des nuances. Certes les Américains se plaignent à la longue d'un gigantisme, d'un éléphantiasis dont le premier contact nous étonne. Peut-être, si je restais, me plaindrais-je de l'eau qui gonfle la flore et la faune, le poil et la plume de New York. C'est possible. Mais ne l'oublions pas, ces notes n'ont rien d'une étude. Notre tour du monde ne nous montre que les vitrines et le dessus du panier.

10 JUIN. — CONEY ISLAND. — NOUS FERMONS LE CERCLE.

Je me souvenais d'un ancien film enchanteur. Deux jeunes employés se rencontrent au parc d'attractions de Coney Island. Ils s'amusent; ils s'aiment... ils se perdent. La déception les accable. Lorsqu'ils découvrent qu'ils habitent des chambres voisines à New York.

Il est tard, et demain l'Île-de-France nous emporte. Je veux visiter Coney Island.

Métropolitain interminable. Un voyage s'ajoute aux voyages. Des chefs décapités par le sommeil roulent sur des épaules. Deux jeunes filles enlacées, emmêlées, dorment. Les dormeurs s'éveillent en sursaut, descendent. Nous restons seuls. Je commence à me plaindre et à déplorer cette escapade, lorsqu'un décor magique nous électrise, nous jette aux vitres et nous décolle les cils.

Un brouillard maritime de perle recouvre Coney Island, cache ses architectures de carton pâte et ne laisse voir que leur squelette ourlé de lampes blanches. Une Constantinople de féerie échelonne à perte de vue des belvédères, des flèches, des minarets et des dômes.

Le parc ferme. Nous sautons dans le dernier wagonnet des montagnes russes. Il précipite notre demi-sommeil dans un vertige de constellations, dans une chevauchée vaporeuse qui fauche les tripes et coupe le cou. Le parc ferme, mais ce parc est un square dans la ville et la ville ne ferme aucune de ses boutiques qui vendent des sensations, des jeux d'adresse, des Portraits-Souvenir, des saucisses chaudes, des glaces, du maïs, des tickets de musées criminels et de phénomènes.

Je la reconnais cette fête foraine de cauchemar où des jeunes gens peuvent s'aimer et se perdre. Je m'y plonge. Et voici les photographes qui développent à la minute, et voici les carrousels de coursiers persans qui tournent dans un bar planté d'arbres, et voici les monstres que Shanghaï fabrique en série, déformant les membres de l'enfance pauvre dans des carcasses de bronze et distribuant aux managers de petite zone, les androgynes, les hommes planches et les femmes tortues.

La chance nous devait de fermer le cercle dans cette cité du Châtelet, dans ce décor idéal de notre voyage. Partis des coulisses d'un théâtre du vieux monde, du théâtre de ma jeunesse, je boucle la boucle à Coney Island, l'île heureuse de la jeunesse du Nouveau Monde.

En silence, le cœur lourd, l'âme légère, je me retourne, je regarde Passepartout et nous nous serrons la main.

LA GRANDE OURSE À L'ENDROIT. — LA FRANCE.

L'Île-de-France. Cabine vaste.
Je téléphone parce que j'ai faim. Une voix française (j'ai cru soudain comprendre les langues étrangères) m'annonce que le numéro de notre cabine n'existe pas et raccroche. Je sonne. Je demande de la viande froide. Après une heure d'attente j'entends derrière ma porte un vacarme de jeu de boules et de disputes. J'ouvre. Que vois-je ? Quatre grooms pareils aux déménageurs de Caran d'Ache qui veulent reconstituer un faune de terre cuite en miettes et se trouvent en face de problèmes freudiens, essayent de construire une table à l'aide d'une planche et de pieds Louis XV qui se vissent. Je me sauve. Je regarde par mon hublot. La Grande Ourse est retombée sur ses pattes. Je reconnais la sage Grande Ourse de Seine-et-Oise. Je me couche. Je suis tranquille. Nous sommes en France. J'ai bouclé la boucle. Je rentre chez moi.

17 JUIN. — LE PARI GAGNÉ. — RETOUR DE
PHILÉAS FOGG.

Le Havre. — Titayna, rencontrée à New York, nous accompagne. Le train longe le plus admirable panorama de notre course autour du globe. Il semble que la France s'efforce de démentir le mépris du monde, de nous prouver qu'elle existe et qu'elle ne démérite pas. Un orage d'encre bleue plonge les verdures d'argent, les rivières, les usines, les talus dans un bain de salpêtre et d'apothéose.

Et nous traversons, en fin de compte, à l'heure dite, à la date exacte, une ville émouvante, une ville à mesure d'homme, une ville à laquelle il suffirait de rendre le rythme et le cérémonial pour que ses mécanismes ovalisés retrouvent des dents et mordent, cessent de patiner dans le vide et se remettent à fournir ces phosphorescences qui intriguent et qui éblouissent l'univers.

DU MÊME AUTEUR

Aux Éditions Gallimard

THOMAS L'IMPOSTEUR. Histoire (Folio n° 480).

POÉSIE CRITIQUE I ET II : Monologues.

CÉRÉMONIAL ESPAGNOL DU PHÉNIX suivi de LA PARTIE D'ÉCHECS.

LES PARENTS TERRIBLES. Pièce en trois actes (Folio théâtre n° 14).

L'AIGLE À DEUX TÊTES (Folio n° 328).

POÈMES, 1916-1955.

LE REQUIEM.

ANTIGONE suivi de LES MARIÉS DE LA TOUR EIFFEL (Folio n° 908).

VOCABULAIRE. PLAIN-CHANT et autres poèmes, 1922-1946 (Poésie/Gallimard n° 176).

LE PASSÉ DÉFINI. Journal.

   TOME I : 1951-1952.

   TOME II : 1953.

   TOME III : 1954.

   TOME IV : 1955.

   TOME V : 1956-1957.

MON PREMIER VOYAGE. Tour du monde en 80 jours (repris sous le titre TOUR DU MONDE EN 80 JOURS, L'Imaginaire n° 574).

MAALESH. Journal d'une tournée de théâtre.

BACCHUS. Pièce en trois actes, 1952 (Folio Théâtre n° 50).

LE CAP DE BONNE-ESPÉRANCE suivi de DISCOURS DU GRAND SOMMEIL (Poésie/Gallimard n° 19).

JEAN COCTEAU. Choix de poèmes (Folio junior en Poésie n° 1350).

Chez d'autres éditeurs

LES ENFANTS TERRIBLES, *Grasset.*
FAIRE-PART, *Librairie Saint-Germain-des-Prés.*
FAIRE-PART INÉDITS, *Librairie Saint-Germain-des-Prés.*
LE COQ ET L'ARLEQUIN, *Stock.*
LE NUMÉRO BARBETTE, *J. Damase.*
28 AUTOPORTRAITS, *Écriture.*
LA DIFFICULTÉ D'ÊTRE, *Le Rocher.*
LE SANG D'UN POÈTE, *Le Rocher.*
LA BELLE ET LA BÊTE. Journal d'un film, *Le Rocher.*
CLAIR-OBSCUR, *Le Rocher.*
LE GRAND ÉCART, *Stock.*
EMBARCADÈRES, *Fata Morgana.*
POÉSIE GRAPHIQUE, *J. Damase.*
ENTRETIENS AVEC ANDRÉ FRAIGNEAU, *Le Rocher.*
OPÉRA BIS, *Fata Morgana.*
LE LIVRE BLANC, *Passage du marais.*
TAMBOUR, *Fata Morgana.*
LA MACHINE INFERNALE, *Grasset.*
LES MARIÉS DE LA TOUR EIFFEL, *Hoëbeke.*
AUTOPORTRAITS DE L'ACROBATE, *Fata Morgana.*
CARNET DE L'AMIRAL X..., *Fata Morgana.*
ENTRE PICASSO ET RADIGUET, *Hermann.*
DRÔLE DE MÉNAGE, *Passage du marais.*
LE POTOMAK, *Passage du marais.*
POÈMES : APPOGGIATURES, PARAPROSODIES, *Éditions du Rocher.*
CORTÈGE DE LA DÉSOBÉISSANCE, *Fata Morgana.*
PHOTOGRAPHIES ET DESSINS DE GUERRE, *Actes Sud.*
LE CORDON OMBILICAL, *Allia.*
JOURNAL D'UN INCONNU, *Grasset.*

ESSAI DE CRITIQUE INDIRECTE : Le Mystère laïc – Des beaux-arts considérés comme un assassinat, *Grasset*.
LA CORRIDA DU 1ᵉʳ MAI, *Grasset*.
REINES DE FRANCE, *Grasset*.
LETTRE AUX AMÉRICAINS, *Grasset*.
PORTRAITS-SOUVENIR, *Grasset*.
LE TESTAMENT D'ORPHÉE, *Le Rocher*.
THÉÂTRE DE POCHE, *Le Rocher*.
DU CINÉMATOGRAPHE, *Le Rocher*.
ENTRETIENS SUR LE CINÉMATOGRAPHE, *Le Rocher*.
LE THÉÂTRE DE LA RUE, *Fata Morgana*.
OPIUM. Journal d'une désintoxication, *Stock*.
SUR LE SANG D'UN POÈTE, *Paris Expérimental*.
MADAME RUMILLY, *Fata Morgana*.
ORPHÉE. Tragédie en un acte et un intervalle, *Stock*.
UN RÊVE DE MALLARMÉ, *Fata Morgana*.
L'APOLLON DES BANDAGISTES, *Fata Morgana*.

Correspondance

LETTRES À MILORAD, 1955-1963, *Le Cherche-Midi*.
LUCIEN CLERGUE - JEAN COCTEAU : CORRESPONDANCES, *Actes Sud*.
CORRESPONDANCE 1911-1931, JEAN COCTEAU/ANNA DE NOAILLES, *Gallimard* (Les Cahiers de la NRF, série Jean Cocteau).
LETTRES À SA MÈRE, 1898-1918, tome I, *Gallimard*.
CORRESPONDANCE JACQUES-ÉMILE BLANCHE/JEAN COCTEAU, *La Table Ronde* (Vermillon).
CORRESPONDANCE 1923-1963, JEAN COCTEAU/JACQUES MARITAIN, *Gallimard* (Les Cahiers de la NRF, série Jean Cocteau).
LETTRES À JEAN-JACQUES KHIM, *Rougerie*.

CORRESPONDANCE MAX JACOB - JEAN COCTEAU, *Paris-Méditerranée*.

CORRESPONDANCE DARIUS MILHAUD - JEAN COCTEAU, *Novetlé*.

GEORGES AURIC - JEAN COCTEAU : CORRESPONDANCES, *Université Paul Valéry*.

LETTRES À SA MÈRE, 1906-1918, choix de lettres, *Mercure de France* (Le Petit Mercure).

CORRESPONDANCE JEAN COCTEAU/LOUISE DE VILMORIN, *Gallimard* (Le Cabinet des lettrés).

LETTRES À PIERRE BOREL, 1951-1963, *L'Harmattan*.

MÉMOIRE DE JEAN COCTEAU : LETTRES À JEAN-MARIE MAGNAN, *Autres temps*.

LETTRES À SA MÈRE, 1919-1938, tome II, *Gallimard*.

Dans la Bibliothèque de la Pléiade

ŒUVRES POÉTIQUES COMPLÈTES. 1918-1927.
THÉÂTRE COMPLET.
ŒUVRES ROMANESQUES COMPLÈTES.

L'IMAGINAIRE
GALLIMARD

Axée sur les constructions de l'imagination, cette collection vous invite à découvrir les textes les plus originaux des littératures romanesques française et étrangères.

Volumes parus

372. André Pieyre de Mandiargues : *Porte dévergondée*.
373. Philippe Soupault : *Le nègre*.
374. Philippe Soupault : *Les dernières nuits de Paris*.
375. Michel Leiris : *Mots sans mémoire*.
376. Daniel-Henry Kahnweiler : *Entretiens avec Francis Crémieux*.
377. Jules Supervielle : *Premiers pas de l'univers*.
378. Louise de Vilmorin : *La lettre dans un taxi*.
379. Henri Michaux : *Passages*.
380. Georges Bataille : *Le Coupable* suivi de *L'Alleluiah*.
381. Aragon : *Théâtre/Roman*.
382. Paul Morand : *Tais-toi*.
383. Raymond Guérin : *La tête vide*.
384. Jean Grenier : *Inspirations méditerranéennes*.
385. Jean Tardieu : *On vient chercher Monsieur Jean*.
386. Jules Renard : *L'œil clair*.
387. Marcel Jouhandeau : *La jeunesse de Théophile*.
388. Eugène Dabit : *Villa Oasis ou Les faux bourgeois*.
389. André Beucler : *La ville anonyme*.
390. Léon-Paul Fargue : *Refuges*.
391. J.M.G. Le Clézio : *Terra Amata*.
393. Jean Giraudoux : *Les contes d'un matin*.
394. J.M.G. Le Clézio : *L'inconnu sur la terre*.
395. Jean Paulhan : *Les causes célèbres*.
396. André Pieyre de Mandiargues : *La motocyclette*.
397. Louis Guilloux : *Labyrinthe*.
398. Jean Giono : *Cœurs, passions, caractères*.
399. Pablo Picasso : *Les quatre petites filles*.
400. Clément Rosset : *Lettre sur les Chimpanzés*.

401. Louise de Vilmorin : *Le lit à colonnes.*
402. Jean Blanzat : *L'Iguane.*
403. Henry de Montherlant : *Les Bestiaires.*
404. Jean Prévost : *Les frères Bouquinquant.*
405. Paul Verlaine : *Les mémoires d'un veuf.*
406. Louis-Ferdinand Céline : *Semmelweis.*
407. Léon-Paul Fargue : *Méandres.*
408. Vladimir Maïakovski : *Lettres à Lili Brik (1917-1930).*
409. Unica Zürn : *L'Homme-Jasmin.*
410. V.S. Naipaul : *Miguel Street.*
411. Jean Schlumberger : *Le lion devenu vieux.*
412. William Faulkner : *Absalon, Absalon!*
413. Jules Romains : *Puissances de Paris.*
414. Iouri Kazakov : *La petite gare et autres nouvelles.*
415. Alexandre Vialatte : *Le fidèle Berger.*
416. Louis-René des Forêts : *Ostinato.*
417. Edith Wharton : *Chez les heureux du monde.*
418. Marguerite Duras : *Abahn Sabana David.*
419. André Hardellet : *Les chasseurs I et II.*
420. Maurice Blanchot : *L'attente l'oubli.*
421. Frederic Prokosch : *La tempête et l'écho.*
422. Violette Leduc : *La chasse à l'amour.*
423. Michel Leiris : *À cor et à cri.*
424. Clarice Lispector : *Le bâtisseur de ruines.*
425. Philippe Sollers : *Nombres.*
426. Hermann Broch : *Les Irresponsables.*
427. Jean Grenier : *Lettres d'Égypte, 1950,* suivi de *Un été au Liban.*
428. Henri Calet : *Le bouquet.*
429. Iouri Tynianov : *Le Disgracié.*
430. André Gide : *Ainsi soit-il* ou *Les jeux sont faits.*
431. Philippe Sollers : *Lois.*
432. Antonin Artaud : *Van Gogh, le suicidé de la société.*
433. André Pieyre de Mandiargues : *Sous la lame.*
434. Thomas Hardy : *Les petites ironies de la vie.*
435. Gilbert Keith Chesterton : *Le Napoléon de Notting Hill.*
436. Theodor Fontane : *Effi Briest.*
437. Bruno Schulz : *Le sanatorium au croque-mort.*
438. André Hardellet : *Oneïros* ou *La belle lurette.*
439. William Faulkner : *Si je t'oublie, Jérusalem. Les palmiers. sauvages.*

440. Charlotte Brontë : *Le professeur.*
441. Philippe Sollers : *H.*
442. Louis-Ferdinand Céline : *Ballets sans musique, sans rien*, précédé de *Secrets dans l'île* et suivi de *Progrès.*
443. Conrad Aiken : *Au-dessus de l'abysse.*
444. Jean Forton : *L'épingle du jeu.*
446. Edith Wharton : *Voyage au Maroc.*
447. Italo Svevo : *Une vie.*
448. Thomas de Quincey : *La nonne militaire d'Espagne.*
449. Anne Brontë : *Agnès Grey.*
450. Stig Dagerman : *Le serpent.*
451. August Strindberg : *Inferno.*
452. Paul Morand : *Hécate et ses chiens.*
453. Theodor Francis Powys : *Le Capitaine Patch.*
454. Salvador Dali : *La vie secrète de Salvador Dali.*
455. Edith Wharton : *Le fils et autres nouvelles.*
456. John Dos Passos : *La belle vie.*
457. Juliette Drouet : *« Mon grand petit homme... ».*
458. Michel Leiris : *Nuits sans nuit.*
459. Frederic Prokosch : *Béatrice Cenci.*
460. Leonardo Sciascia : *Les oncles de Sicile.*
461. Rabindranath Tagore : *Le Vagabond et autres histoires.*
462. Thomas de Quincey : *De l'Assassinat considéré comme un des Beaux-Arts.*
463. Jean Potocki : *Manuscrit trouvé à Saragosse.*
464. Boris Vian : *Vercoquin et le plancton.*
465. Gilbert Keith Chesterton : *Le nommé Jeudi.*
466. Iris Murdoch : *Pâques sanglantes.*
467. Rabindranath Tagore : *Le naufrage.*
468. José Maria Arguedas : *Les fleuves profonds.*
469. Truman Capote : *Les Muses parlent.*
470. Thomas Bernhard : *La cave.*
471. Ernst von Salomon : *Le destin de A.D.*
472. Gilbert Keith Chesterton : *Le Club des Métiers bizarres.*
473. Eugène Ionesco : *La photo du colonel.*
474. André Gide : *Le voyage d'Urien.*
475. Julio Cortázar : *Octaèdre.*
476. Bohumil Hrabal : *La chevelure sacrifiée.*
477. Sylvia Townsend Warner : *Une lubie de Monsieur Fortune.*
478. Jean Tardieu : *Le Professeur Frœppel.*

479. Joseph Roth : *Conte de la 1002ᵉ nuit.*
480. Kôbô Abe : *Cahier Kangourou.*
481. Rainer Maria Rilke, Boris Pasternak, Marina Tsvétaïeva : *Correspondance à trois.*
482. Philippe Soupault : *Histoire d'un blanc.*
483. Malcolm de Chazal : *La vie filtrée.*
484. Henri Thomas : *Le seau à charbon.*
485. Flannery O'Connor : *L'habitude d'être.*
486. Erskine Caldwell : *Un pauvre type.*
487. Florence Delay : *Minuit sur les jeux.*
488. Sylvia Townsend Warner : *Le cœur pur.*
489. Joao Ubaldo Ribeiro : *Sergent Getulio.*
490. Thomas Bernhard : *Béton.*
491. Iris Murdoch : *Le prince noir.*
492. Christian Dotremont : *La pierre et l'oreiller.*
493. Henri Michaux : *Façons d'endormi, Façons d'éveillé.*
494. Meša Selimović : *Le derviche et la mort.*
495. Francis Ponge : *Nioque de l'avant-printemps.*
496. Julio Cortázar : *Tous les feux le feu.*
497. William Styron : *Un lit de ténèbres.*
498. Joseph Roth : *La toile d'araignée.*
499. Marc Bernard : *Vacances.*
500. Romain Gary : *L'homme à la colombe.*
501. Maurice Blanchot : *Aminadab.*
502. Jean Rhys : *La prisonnière des Sargasses.*
503. Jane Austen : *L'Abbaye de Northanger.*
504. D.H. Lawrence : *Jack dans la brousse.*
505. Ivan Bounine : *L'amour de Mitia.*
506. Thomas Raucat : *L'honorable partie de campagne.*
507. Frederic Prokosch : *Hasards de l'Arabie heureuse.*
508. Julio Cortázar : *Fin de jeu.*
509. Bruno Schulz : *Les boutiques de cannelle.*
510. Pierre Bost : *Monsieur Ladmiral va bientôt mourir.*
511. Paul Nizan : *Le cheval de Troie.*
512. Thomas Bernhard : *Corrections.*
513. Jean Rhys : *Voyage dans les ténèbres.*
514. Alberto Moravia : *Le quadrille des masques.*
515. Hermann Ungar : *Les hommes mutilés.*
516. Giorgi Bassani : *Le héron.*
517. Marguerite Radclyffe Hall : *Le puits de solitude.*

518. Joyce Mansour : *Histoires nocives*.
519. Eugène Dabit : *Le mal de vivre*.
520. Alberto Savinio : *Toute la vie*.
521. Hugo von Hofmannsthal : *Andréas et autres récits*.
522. Charles-Ferdinand Ramuz : *Vie de Samuel Belet*.
523. Lieou Ngo : *Pérégrinations d'un clochard*.
524. Hermann Broch : *Le tentateur*.
525. Louis-René des Forêts : *Pas à pas jusqu'au dernier*.
526. Bernard Noël : *Le 19 octobre 1977*.
527. Jean Giono : *Les trois arbres de Palzem*.
528. Amos Tutuola : *L'ivrogne dans la brousse*
529. Marcel Jouhandeau : *De l'abjection*.
530. Raymond Guérin : *Quand vient la fin*.
531. Mercè Rodoreda : *La place du diamant*.
532. Henry Miller : *Les livres de ma vie*.
533. R. L. Stevenson : *Ollala des montagnes*.
534. Ödön von Horváth : *Un fils de notre temps*.
535. Rudyard Kipling : *La lumière qui s'éteint*.
536. Shelby Foote : *Tourbillon*.
537. Maurice Sachs : *Alias*.
538. Paul Morand : *Les extravagants*.
539. Seishi Yokomizo : *La hache, le koto et le chrysanthème*.
540. Vladimir Makanine : *La brèche*.
541. Robert Walser : *La promenade*.
542. Elio Vittorini : *Les hommes et les autres*.
543. Nedim Gürsel : *Un long été à Istanbul*.
544. James Bowles : *Deux dames sérieuses*.
545. Paul Bowles : *Réveillon à Tanger*.
546. Hervé Guibert : *Mauve le vierge*.
547. Louis-Ferdinand Céline : *Maudits soupirs pour une autre fois*.
548. Thomas Bernhard : *L'origine*.
549. J. Rodolfo Wilcock : *Le stéréoscope des solitaires*.
550. Thomas Bernhard : *Le souffle*.
551. Beppe Fenoglio : *La paie du samedi*.
552. James M. Cain : *Mildred Pierce*.
553. Alfred Döblin : *Voyage babylonien*.
554. Pierre Guyotat : *Prostitution*.
555. John Dos Passos : *La grande époque*.
556. Cesare Pavese : *Avant que le coq chante*.

*Impression CPI Firmin-Didot
à Mesnil-sur-l'Estrée, le 4 janvier 2009.
Dépôt légal : janvier 2009.
Numéro d'imprimeur : 92406.*

ISBN 978-2-07-012407-7/Imprimé en France.

164564